Tres ratones ciegos

Biblioteca Agatha Christie
Relatos

Biografía

Agatha Christie es la escritora de misterio más conocida en todo el mundo. Sus obras han vendido más de mil millones de copias en la lengua inglesa y mil millones en otros cuarenta y cinco idiomas. Según datos de la ONU, sólo es superada por la Biblia y Shakespeare.

Su carrera como escritora recorrió más de cincuenta años, con setenta y nueve novelas y colecciones cortas. La primera novela de Christie, *El misterioso caso de Styles*, fue también la primera en la que presentó a su formidable y excéntrico detective belga, Poirot; seguramente, uno de los personajes de ficción más famosos. En 1971, alcanzó el honor más alto de su país cuando recibió la Orden de la Dama Comandante del Imperio Británico. Agatha Christie murió el 12 de enero de 1976.

Agatha Christie
Tres ratones ciegos

Traducción: C. Peraire del Molino

Obra editada en colaboración con Grupo Planeta – Argentina

Título original: *Three Blind Mice*

© 1950, Agatha Christie Mallowan
© 1954, Traducción: Editorial Molino
© 2013, Grupo Editorial Planeta S.A.I.C. – Buenos Aires, Argentina

Derechos reservados

© 2017, Editorial Planeta Mexicana, S.A. de C.V.
Bajo el sello editorial BOOKET M.R.
Avenida Presidente Masarik núm. 111, Piso 2
Polanco V Sección, Miguel Hidalgo
C.P. 11560, Ciudad de México
www.planetadelibros.com.mx

Traducción: C. Peraire del Molino
Diseño de portada: Departamento de Arte de Grupo Editorial Planeta S.A.I.C.
Ilustraciones de portada: Rocío Fabiola Tinoco Espinosa y Miguel Angel
Chávez Villalpando / Grupo Pictograma Ilustradores
Adaptación de portada: Alejandra Ruiz Esparza

AGATHA CHRISTIE, MISS MARPLE y la firma de Agatha Christie son
marcas registradas de Agatha Christie Limited en todo el mundo. Todos los
derechos reservados. Iconos Agatha Christie Copyright © 2013 Agatha Christie
Limited. Usados con permiso.

Primera edición impresa en México en Booket: octubre de 2017
Séptima reimpresión en México en Booket: abril de 2022
ISBN: 978-607-07-4478-5

No se permite la reproducción total o parcial de este libro ni su incorporación a
un sistema informático, ni su transmisión en cualquier forma o por cualquier
medio, sea este electrónico, mecánico, por fotocopia, por grabación u otros
métodos, sin el permiso previo y por escrito de los titulares del *copyright*. La
infracción de los derechos mencionados puede ser constitutiva de delito contra
la propiedad intelectual (Arts. 229 y siguientes de la Ley Federal de Derechos
de Autor y Arts. 424 y siguientes del Código Penal). Si necesita fotocopiar o
escanear algún fragmento de esta obra diríjase al CeMPro (Centro Mexicano de
Protección y Fomento de los Derechos de Autor, http://www.cempro.org.mx).

Impreso en los talleres de Corporación de Servicios Gráficos Rojo S.A. de
C.V.
Progreso #10, Colonia Ixtapaluca Centro, Ixtapaluca, Estado de México, C.P.
56530.
Impreso en México –*Printed in Mexico*

Guía del lector

*A continuación se relacionan en orden alfabético los principales
personajes que intervienen en esta obra*

BOYLE: Señora de mediana edad, hospedada en la pensión de los
Davis.

CASEY: Portera de la casa número 74 de la calle Culver.

DAVIS (Giles): Comandante de marina retirado y dueño de una
casa de huéspedes.

DAVIS (Molly): Joven esposa del anterior.

HOGBEN: Inspector de la policía de Berkshire.

KANE: Sargento detective.

LYON: Mujer asesinada en su domicilio de la calle Culver.

METCALF: Mayor del ejército, huésped de los Davis.

PARAVICINI: Otro de los huéspedes de la pensión de los Davis.

PARMINTER: Inspector de Scotland Yard.

TROTTER: Sargento de policía.

WREN (Christopher): Joven huésped de los Davis.

Canción infantil inglesa

Three Blind Mice
Three Blind Mice
See how they run
See how they run

They all run after the farmer's wife
She cut of their tails with a carving knife
Did you ever see such a sight in your life
*   As*
*   Three Blind Mice?*

Tres ratones ciegos. / Tres ratones ciegos. / Ved cómo corren. / Ved cómo corren. / Van tras la mujer del granjero / Ella les cortó el rabo con un trinchante. / ¿Visteis nunca algo semejante a *Tres ratones ciegos*?

Prólogo

Hacía mucho frío, y el cielo, encapotado y gris, amenazaba nieve. Un hombre enfundado en un abrigo oscuro, con una bufanda subida hasta las orejas y el sombrero calado hasta los ojos, avanzó por la calle Culver y se detuvo ante el número 74. Apretó el timbre y lo oyó resonar en los bajos de la casa.

Mistress Casey, que se hallaba fregando los platos muy atareada, dijo amargamente:

—¡Maldito timbre! Nunca le deja a una en paz.

Jadeando, subió los escalones del sótano para abrir la puerta.

El hombre, cuya silueta se recortaba contra el oscuro cielo, le preguntó con voz ronca:

—¿Mistress Lyon?

—Segundo piso —informó mistress Casey—. Puede usted subir. ¿Le espera?

El hombre afirmó lentamente con la cabeza.

—¡Oh! Bueno, suba y llame.

Le observó mientras subía la escalera, cubierta por una alfombra raída. Más tarde dijo que le había producido una «extraña impresión». Pero en aquellos momentos sólo pensó que debía sufrir un fuerte resfriado que le hacía temblar de aquella forma... cosa nada extraña con aquel tiempecito.

Cuando el hombre llegó al primer rellano de la escalera comenzó a silbar suavemente la tonadilla de *Tres ratones ciegos*.

Capítulo primero

Molly Davis dio unos pasos hacia atrás en la carretera para admirar el letrero recién pintado de la empalizada:

Monkswell Manor
Casa de Huéspedes

Hizo un gesto de aprobación. Realmente tenía un aspecto muy profesional. O tal vez pudiera decirse *casi* profesional, ya que la última *a* de *Casa* bailaba un poco y el final de Manor estaba algo apretujado; pero, en conjunto, Giles lo hizo muy bien. Era muy inteligente. ¡Sabía hacer tantas cosas! Molly no cesaba de descubrir nuevas virtudes en su esposo. Hablaba tan poco de sí mismo que sólo muy lentamente iba conociendo sus talentos. Un ex marino siempre es un hombre mañoso, se decía.

Pues bien, Giles tendría que hacer uso de todos sus talentos en su nueva aventura, ya que ninguno de los dos tenía la menor idea de cómo dirigir una casa de huéspedes. Pero era divertido y les resolvía el problema de alojamiento.

Había sido idea de Molly. Cuando murió tía Katherine y los abogados le escribieron comunicándole que le había dejado Monkswell Manor, la natural reacción de ambos jóvenes fue vender aquella propiedad. Giles le preguntó:

—¿Qué aspecto tiene?

Y Molly había contestado:

—Oh, es una casona antigua, llena de muebles victorianos, pasados de moda. Tiene un jardín bastante bonito, pero desde la guerra está muy descuidado; sólo quedó un viejo jardinero.

De modo que decidieron venderla, reservándose únicamente el mobiliario preciso para amueblar una casita o un pisito para ellos.

Pero en el acto surgieron dos dificultades. En primer lugar no se encontraban pisos ni casas pequeñas, y en segundo lugar todos los muebles eran enormes.

—Bueno —decidió Molly—, tendremos que venderlo *todo*. Supongo que la *comprarán*.

El agente les aseguró que en aquellos días se vendía *cualquier cosa*.

—Es muy probable que la adquieran para instalar un hotel o casa de huéspedes, en cuyo caso pudiera ser que se quedaran con el mobiliario completo. Por fortuna la casa está en muy buen estado. La finada miss Emory hizo grandes reparaciones y la modernizó precisamente antes de la guerra y apenas se ha deteriorado. Oh, sí, se conserva muy bien.

Y entonces fue cuando a Molly se le ocurrió la idea.

—Giles —le dijo—, ¿por qué no la convertimos *nosotros* en casa de huéspedes?

Al principio su esposo se burló de ella, pero Molly siguió insistiendo.

—No es necesario que tengamos a mucha gente... por lo menos al principio. Es una casa fácil de llevar; tiene agua fría y caliente en los dormitorios, calefacción central y cocina de gas. Y podríamos tener gallinas y patos que nos proporcionarían huevos, y plantar verduras en el huerto.

—Y quién haría todo el trabajo... Es muy difícil encontrar servicio.

—Oh, lo *haremos* nosotros. En cualquier sitio en que vivamos tendremos que hacerlo, y unas cuantas personas más no representan mucho más trabajo. Cuando hayamos empezado podemos hacer que venga una mujer a ayudarnos en la limpieza. Con sólo cinco personas que nos pagasen siete guineas por semana... —Molly se abismó en optimistas cálculos mentales.

—Y además, Giles —concluyó—, sería *nuestra* propia casa. Con nuestras cosas. Y me parece que si no nos decidimos por ésta, vamos a tardar años en encontrar otro sitio donde vivir.

Giles tuvo que admitir que aquello era cierto. Habían pasado tan poco tiempo juntos después de su agitado matrimonio, que ambos estaban deseosos de instalar ya su hogar perdurable.

Así es que el gran experimento pasó a ser puesto en práctica. Publicaron anuncios en los periódicos de la localidad y el *Times* de Londres, y tuvieron varias respuestas.

Y aquel día precisamente iba a llegar el primero de sus huéspedes. Giles había salido temprano en el coche para tratar de adquirir varios metros de alambrada que habían pertenecido al Ejército y que se anunciaban en venta al otro lado del condado. Molly tuvo que ir andando hasta el pueblo para hacer las últimas compras.

Lo único malo era el tiempo. Durante los dos últimos días ha-

14

bía sido extremadamente frío, y ahora comenzaba a nevar. Molly apresuróse por el camino mientras espesos copos se fundían sobre el impermeable y su rizado y brillante cabello. El parte meteorológico había sido en extremo descorazonador: se preveían intensas nevadas.

Era de esperar que no se helaran las cañerías. Era una lástima que fueran a salirles mal las cosas cuando acababan de empezar. Miró su reloj. ¡Ya más de las cinco! Giles ya habría vuelto... y se estaría preguntando por dónde andaba *ella*.

—Tuve que volver al pueblo a comprar algunas cosas que había olvidado —le diría. Y él preguntaría:

—¿Más latas de conserva?

Siempre bromeando con eso; en la actualidad su despensa estaba bien provista para casos de apuro.

Y ahora, pensó Molly mirando al cielo preocupada, parecía que muy pronto iban a empezar los apuros.

La casa estaba vacía. Giles aún no había regresado, Molly fue primero a la cocina, y luego subió a revisar los dormitorios recién preparados. Mistress Boyle, en la habitación sur, la de los muebles de caoba. El mayor Metcalf, en el cuarto azul, de roble. Míster Wren, en el ala este, en el del mirador. Todos eran bonitos... y ¡qué suerte que tía Katherine tuviera un surtido tan espléndido de ropas de cama! Molly ahuecó un edredón y volvió a bajar. Era casi de noche, y la casa le pareció de pronto muy silenciosa y vacía. Era una casa solitaria, situada a tres kilómetros del pueblo. A tres kilómetros..., pensó Molly, *de cualquier parte*.

A menudo se había quedado sola en la casa..., pero nunca hasta aquel momento tuvo aquella sensación de soledad...

La nieve batía blandamente contra los paneles de la ventana, produciendo un susurro inquietante... ¿Y si Giles no pudiera regresar?... ¿Y si la capa de nieve fuese tan espesa que no dejara avanzar el automóvil? ¿Y si tuviera que quedarse allí sola... tal vez durante varios días?

Contempló la cocina, grande y confortable, que parecía reclamar una cocinera rolliza que la presidiera moviendo las mandíbulas rítmicamente al comer pasteles y beber té muy cargado, teniendo a un lado de la mesa a un ama de llaves entrada en años, al otro una doncella sonrosada y enfrente una fregona que las miraría con ojos asustados. Y en vez de eso, allí estaba ella sola. Molly Davis, representando un papel que aún no encontraba muy natural. Toda su vida, hasta aquel momento, parecía irreal... lo mismo que Giles. Estaba representando un papel... sólo representando...

Una sombra pasó ante la ventana y Molly se sobresaltó... Un desconocido se acercaba quedamente. Molly oyó abrir la puerta lateral. El desconocido se detuvo en el umbral, sacudiéndose la nieve antes de penetrar en aquella casa vacía.

Y de pronto se tranquilizó.

—¡Oh, Giles! —exclamó—. ¡Cuánto me alegro de que hayas vuelto!

2

—¡Hola, cariño! ¡Buen tiempecito! ¡Cielos, estoy *congelado*!

Golpeó el suelo con los pies y se frotó las manos.

Automáticamente, Molly cogió el abrigo que él había arrojado, como de costumbre, sobre el arcón de roble, y lo colgó en la percha luego de sacar de sus bolsillos la bufanda, un periódico, un ovillo de cordel y el correo de la mañana. Dirigiéndose a la cocina, dejó todo aquello encima de la mesa y puso la olla sobre el fogón de gas.

—¿Conseguiste la alambrada? —le preguntó—. Has tardado mucho.

—No era de la que yo quiero. No nos hubiera servido para nada. ¿Y tú qué has estado haciendo? Me refiero a que no habrá llegado nadie todavía.

—Mistress Boyle no vendrá hasta mañana.

—Pero el mayor Metcalf y míster Wren tendrían que haber llegado hoy.

—El mayor Metcalf ha enviado una postal diciendo que no podrá llegar hasta mañana.

—Entonces a cenar sólo tendremos a míster Wren. ¿Cómo te lo imaginas? Yo como funcionario público retirado.

—No, creo que es un artista.

—En ese caso —repuso Giles—, será mejor que le cobremos una semana por adelantado.

—Oh, no, Giles; trae equipaje. Si no paga nos quedaremos con él.

—¿Y si luego resulta que consiste sólo en piedras envueltas en papel de periódico? La verdad es, Molly, que no tenemos la menor idea de cómo llevar este negocio. Espero que no se den cuenta de nuestra inexperiencia.

—Seguro que mistress Boyle lo descubre —dijo Molly—. Es de esa clase de mujeres.

—¿Cómo lo sabes? ¡Si aún no la has visto!

Molly le volvió la espalda, y extendiendo un papel sobre la mesa fue a buscar un pedazo de queso y comenzó a rallarlo.

—¿Qué es esto? —quiso saber su esposo.

—Pues será un exquisito pastel de queso galés —le informó—. Miga de pan y patata chafada, y sólo un *poquitín* de queso para justificar su nombre.

—Eres una cocinera estupenda —dijo Giles con admiración.

—¿Tú crees? Sólo puedo hacer una cosa a un tiempo. Es el hacer *varias a la vez*, lo que demuestra tener mucha práctica. El desayuno es lo peor.

—¿Por qué?

—Porque se junta todo… huevos con jamón… café con leche… las tostadas. La leche se vuelca, o se queman las tostadas… El jamón se carboniza o los huevos se cuecen demasiado. Hay que vigilarlo todo con la velocidad de un gato escaldado.

—Tendré que espiarte mañana por la mañana, sin que tú te des cuenta, para contemplar esa encarnación del gato escaldado.

—Ya hierve el agua —dijo Molly—. ¿Quieres que llevemos la bandeja a la biblioteca y escuchemos la radio? No tardarán en dar el noticiero.

—Y como parece ser que vamos a pasar la mayor parte del tiempo en la cocina, veo que tendremos que instalar un aparato aquí también.

—Sí. ¡Qué bonitas son las cocinas! Ésta me encanta. Creo que es lo más bonito de la casa… con su mesa… la vajilla… y la sensación de grandeza que da esta *enorme* cocina económica… aunque, naturalmente, me alegro de no tener que cocinar con ella.

—Supongo que debe consumir en un día nuestra ración de combustible de todo un año…

—Casi seguro. Pero piensa en las cosas que se asaban aquí… solomillos de ternera y piernas de cordero. Grandes calderos en los que se preparaba mermelada casera de fresas con cantidades y cantidades de azúcar. ¡Qué época tan agradable la victoriana… y qué cómoda! Fíjate en los muebles de arriba, grandes, sólidos y bastante adornados…, pero, ¡oh!, comodísimos; amplios armarios para la mucha ropa que se solía tener. Y en todos los cajones, que se abren y cierran con una facilidad extraordinaria. ¿Te acuerdas de aquel pisito moderno que nos alquilaron? Todo se atascaba… las puertas no cerraban, y si se cerraban, luego no podían abrirse.

—Sí, eso es lo malo de las casas modernas. Si se estropean estás perdido.

—Bueno, vamos a escuchar las noticias.

Las noticias consistieron principalmente en tristes pronósticos sobre el tiempo, el acostumbrado punto muerto de los asuntos de política internacional, discusiones en el Parlamento y un asesinato en la calle Culver, en Paddington.

—¡Bah! —dijo Molly, desconectando la radio—. Sólo miseria. No *voy a escuchar* otra vez las recomendaciones para que economicemos combustible. ¿Qué es lo que esperan? ¿Que nos quedemos helados? No creo que haya sido un acierto inaugurar nuestra casa de huéspedes en invierno. Debimos haber esperado hasta la primavera. —Y agregó en otro tono de voz—: Quisiera saber qué aspecto tenía esa mujer que han asesinado.

—¿Mistress Lyon?

—¿Se llamaba así? Me pregunto quién la asesinó y por qué...

—Tal vez tuviera una fortuna escondida debajo de un ladrillo.

—Cuando se dice que la policía está deseando interrogar a un hombre que «se vio por la vecindad», ¿significa ello que él es el presunto asesino?

—Por lo general creo que sí. Es simplemente un modo de decirlo.

La aguda vibración del timbre les hizo sobresaltarse.

—Es la puerta principal —dijo Giles—. ¿Será el asesino? —agregó a modo de chiste.

—En una comedia, desde luego, lo sería. Date prisa. Debe de ser míster Wren. Ahora veremos quién tiene razón, si tú o yo.

3

Míster Wren entró acompañado de un ramalazo de nieve y, todo lo que Molly pudo distinguir de su persona, desde la puerta de la biblioteca, fue su silueta recortándose contra el blanco mundo exterior.

«Qué parecidos son todos los hombres civilizados», pensó Molly. Abrigo oscuro, sombrero gris y una bufanda alrededor del cuello.

Giles cerró la puerta, mientras míster Wren se quitaba la bufanda y el sombrero y dejaba la maleta en el suelo... todo ello sin parar de hablar. Tenía una voz aguda, casi molesta, y la luz del recibidor le reveló como un hombre joven, de cabellos rubios rojizos, tostado por el sol, y los ojos claros e inquietos.

—Muy malo, demasiado malo —decía—. El invierno inglés ha llegado a su punto culminante... y hay que ser muy valiente para hacerle cara. ¿No le parece? He tenido un viaje terrible desde Gales. ¿Es usted mistress Davis? ¡Encantado! —Molly sintió su mano aprisionada en una mano huesuda—. Es completamente distinta de como la había imaginado. Yo me la suponía como la viuda de un general del ejército indio... muy triste... una verdadera rinconera victoriana... y es celestial... sencillamente celestial... ¿Tienen flores de cera? ¿O aves del paraíso? Oh, este lugar me va a encantar. Temía que fuera demasiado anticuado... muy, muy... *manor*. Y es maravilloso... auténticamente victoriano. Dígame, ¿tienen alguno de esos aparadores de caoba... de caoba rojiza con grandes frutas talladas?

—Pues a decir verdad —dijo Molly, casi sin aliento ante aquel torrente de palabras—, sí lo tenemos.

—¡No! ¿Puedo verlo en seguida? ¿Está aquí?

Su velocidad era desconcertante. Ya había hecho girar el pomo de la puerta del comedor y encendido la luz. Molly le siguió consciente de la mirada desaprobadora de su marido.

Míster Wren pasó sus dedos largos y angulosos por el rico trabajo de talla del macizo aparador, lanzando exclamaciones apreciativas.

—¿No tienen una gran mesa de caoba? ¿Cómo es que han puesto todas esas mesitas pequeñas?

—Pensamos que los huéspedes lo preferirían así —repuso Molly.

—Querida, claro que tiene *toda* la razón. Me había dejado llevar de mi amor a la época. Claro que de tener la gran mesa habría que sentar a su alrededor a la familia adecuada. Un padre severo, con una gran barba... una madre prolífica, once niños; una torva institutriz y alguien llamado «pobre Henriette...», la pariente pobre que es la ayuda de todos y se siente muy agradecida porque le han dado cobijo. Miren esa chimenea... imagínense las llamas que lamen el hogar quemando la espalda de la pobre Henriette.

—Le subiré la maleta a la habitación —dijo Giles—. ¿La habitación del ala este?

—Sí —repuso Molly.

Míster Wren salió al vestíbulo mientras Giles subía la escalera.

—¿Es una cama con dosel? —preguntó.

—No —repuso Giles antes de desaparecer por un recodo de la escalera.

—Me parece que no voy a ser del agrado de su esposo —dijo míster Wren—. ¿Dónde ha estado? ¿En la Marina?

—Sí.

—Me lo figuraba. Son mucho menos tolerantes que en el Ejército y las fuerzas aéreas. ¿Cuánto tiempo llevan casados? ¿Está usted muy enamorada de él?

—Tal vez deseará usted subir a ver si le agrada su habitación.

—Sí. Perdón. He estado algo impertinente. Pero la verdad es que quiero saberlo. Quiero decir, que es interesante conocer la vida de los demás, ¿no le parece? Me refiero a lo que sienten y piensan, no a lo que son y a lo que hacen.

—Supongo que usted es míster Wren —dijo Molly.

El joven se quedó cortado.

—Pero ¡qué tonto...! Nunca se me ocurre aclarar las cosas primero. Sí, yo soy Christopher Wren... no se ría. Mis padres eran una pareja muy romántica y esperaban que yo llegara a ser arquitecto y por eso les pareció una buena idea llamarme Christopher... De ese modo ya tenía mucho ganado.

—¿Y es usted arquitecto? —preguntó Molly, incapaz de ocultar su regocijo.

—Sí, lo soy —repuso míster Wren, triunfante—. Por lo menos estoy muy cerca de serlo. Todavía no he terminado la carrera. Pero la verdad es que soy un buen ejemplo de un deseo que por una vez se cumplió. Y si quiere que le diga la verdad, me temo que ese nombre me servirá de estorbo. Nunca llegaré a ser un Christopher Wren. No obstante, los Nidos Prefabricados de Chris Wren puede que lleguen a tener fama.

Giles bajaba la escalera y Molly dijo:

—Ahora le enseñaré su habitación, míster Wren.

Cuando bajó al cabo de unos minutos, Giles le preguntó:

—Bueno, ¿le han gustado los muebles de roble?

—Tenía tantas ganas de dormir en una cama con dosel que le di el cuarto rosa.

Giles gruñó algo que terminaba en «ese joven».

—Escúchame, Giles —Molly adoptó una expresión severa—. Esto no es una reunión de invitados, sino un negocio. Y te guste o no, Christopher Wren...

—No me gusta —la interrumpió Giles.

—... tienes que aguantarte. Nos paga siete guineas a la semana y eso es todo lo que importa.

—Si las paga, sí.

—Se ha comprometido a pagarlas. Tenemos su carta.

—¿Y le has llevado tú la maleta hasta la habitación rosa?

—La ha llevado él, naturalmente.

—Muy galante. Pero no te hubieras cansado cargando con ella. Desde luego no es probable que esté llena de piedras envueltas en papeles. Es tan ligera que me parece que debe de estar vacía.

—¡Chist! Ahí viene —dijo Molly avisándole.

Christopher Wren fue acompañado a la biblioteca que presentaba un bonito aspecto con sus butacones y el hogar de la chimenea encendido. Molly le dijo que la cena se servía al cabo de media hora, y contestando a sus preguntas le explicó que de momento él era el único huésped.

—En este caso —dijo Christopher—, ¿le molestaría que fuera a la cocina a ayudarla? Puedo hacer una tortilla, si me lo permite —ofreció para que Molly accediera.

Así fue cómo Christopher se metió en la cocina y luego les ayudó a secar los platos y los vasos.

Molly se daba cuenta de que todo aquello no acreditaba a una casa de huéspedes formal... y a Giles no le había gustado nada. Oh, bueno, pensó Molly antes de quedarse dormida: mañana, cuando estén los demás, será distinto.

Capítulo II

La mañana llegó acompañada de un cielo oscuro y nieve. Giles se mostraba preocupado, y Molly desanimada. Con aquel tiempo todo iba a resultar extremadamente difícil.

Mistress Boyle llegó en el taxi de la localidad pertrechado con cadenas en las ruedas, y el conductor le dio malas noticias sobre el estado de la carretera.

—¡Vaya nevada que va a caer antes de la noche! —profetizó.

Y la propia mistress Boyle no contribuyó a desvanecer el pesimismo reinante. Era una mujer alta, de aspecto desagradable, voz campanuda y ademanes autoritarios. Su natural agresividad se había acrecentado con el cargo de gran utilidad militar que desempeñó durante la guerra.

—De haber imaginado que esto no estaba *en marcha*, nunca se me hubiera ocurrido venir —dijo—. Pensé que era una Casa de Huéspedes debidamente establecida.

—No tiene por qué quedarse si no es de su agrado, mistress Boyle —dijo Giles.

—No, desde luego, y no pienso hacerlo.

—Tal vez prefiera que llame a un taxi, mistress Boyle —continuó Giles—. Las carreteras todavía no están bloqueadas. Si es que ha habido algún malentendido, lo mejor será que vaya a otro sitio. —Y agregó—: Tenemos tantos pedidos de habitaciones que podremos alquilar la suya sin dificultad... Por cierto que vamos a elevar el precio de la pensión.

Mistress Boyle le lanzó una mirada aplastante.

—Desde luego que no voy a marcharme sin haber probado antes cómo es este sitio. ¿Puede darme una toalla de baño más grande, mistress Davis? No estoy acostumbrada a secarme con un pañuelo de bolsillo.

Giles hizo una mueca a Molly a espaldas de mistress Boyle.

—Querido, has estado magnífico —dijo Molly—. ¡Cómo le has parado los pies!

—Las personas agresivas en seguida se amansan cuando se las trata con su propia medicina —dijo Giles.

22

—¡Oh, Dios mío! —exclamó Molly—. Me pregunto qué tal se llevará con Christopher Wren.

—Pues mal —dijo Giles.

Y desde luego, aquella misma tarde mistress Boyle le decía a Molly con evidente desagrado:

—Es un joven muy particular.

El panadero con aspecto de un explorador del Ártico, les trajo el pan, advirtiéndoles que tal vez no pudiera efectuar el próximo reparto.

—Todos los caminos se están cerrando por la nieve —les anunció—. Espero que tengan provisiones suficientes para aguantar unos días.

—¡Oh, sí! —contestó Molly—. Tenemos gran cantidad de latas de conserva. Aunque será mejor que me quede con más harina.

Recordaba vagamente que los irlandeses hacían un pan llamado de soda. En caso de llegar a lo peor, tal vez ella pudiera hacerlo.

El panadero también les trajo los periódicos, y Molly los extendió sobre la mesa de la cocina.

Las noticias del extranjero habían perdido importancia. El tiempo y el asesinato de mistress Lyon ocupaban la primera página.

Se hallaba contemplando la borrosa reproducción del rostro de la difunta cuando la voz de Christopher Wren dijo a sus espaldas:

—Un crimen bastante *bajo,* ¿no le parece? Una mujer de aspecto tan vulgar y en semejante calle. ¿No es verdad que tras esto puede esconderse cualquier historia?

—No tengo la menor duda —dijo mistress Boyle con un bufido— de que esa mujer ha tenido el fin que merecía.

—¡Oh! —míster Wren volvióse hacia ella con fingido interés—. De modo que usted lo considera un crimen *pasional,* ¿verdad?

—No he dicho nada de eso, míster Wren.

—Pero fue estrangulada, ¿no es así? Quisiera saber... —dijo extendiendo sus manos largas y blancas— lo que debe sentirse al estrangular a alguien.

—¡Por favor, míster Wren!

Christopher acercóse a ella bajando la voz.

—¿Ha pensado usted, mistress Boyle, lo que debe experimentarse al ser estrangulado?

Mistress Boyle volvió a exclamar:

—¡Por favor, míster Wren!

Molly leyó en voz alta y apresurada:

El hombre que la policía está deseando interrogar lleva un abrigo oscuro y un sombrero claro, es de mediana estatura y se cubre el rostro con una bufanda de lana.

—En resumen —concluyó Christopher Wren—, tiene igual aspecto que otro cualquiera.

Rió.

—Sí —dijo Molly—; que otro cualquiera.

2

En su despacho de Scotland Yard, el inspector Parminter decía al sargento detective Kane:

—Ahora recibiré a esos dos obreros.

—Sí, señor.

—¿Qué aspecto tienen?

—De clase humilde, pero decentes, y reacciones bastante lentas. Parecen formales.

—Bien —dijo el inspector Parminter.

Y dos hombres vestidos con sus mejores trajes y muy nerviosos fueron introducidos en el despacho. Parminter les clasificó de una sola ojeada. Era un experto en conseguir tranquilizar a la gente.

—De modo que ustedes creen tener algunas informaciones que pudieran ser útiles en el caso Lyon —les dijo—. Han sido muy amables al venir. Siéntense. ¿Quieren fumar?

Aguardó a que encendieran los cigarrillos.

—Hace un tiempo terrible.

—Cierto, señor.

—Bien, ahora… veamos de qué se trata.

Los dos hombres se miraron azorados al ver llegado el difícil momento de hacer el relato.

—Veamos, Joe —dijo el más grandote.

Y Joe comenzó a hablar.

—Ocurrió así, sabe. No teníamos ni una cerilla.

—¿Dónde fue eso?

—En la calle Jarman… Estamos trabajando en la calzada… en las conducciones de gas.

El inspector Parminter asintió con la cabeza. Más tarde pasaría a detallar exactamente el tiempo y el lugar. La calle Jarman se hallaba cerca de la calle Culver, donde se registró la tragedia.

—No tenían ustedes ni una cerilla —repitió para animarle a continuar.

—No. Había terminado mi caja y el encendedor de Bill no quiso funcionar, así que le dije a un sujeto que pasaba: «¿Podría darnos una cerilla, señor?». No crea que entonces hiciera nada de particular. Sólo pasaba por allí... como muchos otros... y se me ocurrió pedírsela a él.

Parminter asintió de nuevo.

—Bueno, nos dio una caja, sin decir nada, Bill le dijo: «¡Qué frío!», y él se limitó a contestar casi en un susurro: «Sí, desde luego». Yo pensé que debía estar muy resfriado. Llevaba la bufanda hasta las orejas. «Gracias, señor», dije devolviéndole sus cerillas, y se marchó tan de prisa que cuando me di cuenta de que le había caído algo era ya demasiado tarde para llamarle. Era una libretita que debió caérsele del bolsillo al sacar las cerillas. «¡Eh, señor», le grité. «Se le ha caído algo.» Pero, al parecer, no me oía, y a toda prisa dobló la esquina, ¿no es cierto, Bill?

—Sí —repuso el aludido—, como un conejo escurridizo.

—Fue en dirección a Harrow Road, y ya no pudimos alcanzarle a la velocidad que iba; de todas formas era un poquitín tarde... y total por un librito de notas..., no es lo mismo que una cartera o algo así..., tal vez no fuese importante. «Extraño sujeto», dije a Bill. «El sombrero calado hasta los ojos, abrigo abrochado hasta arriba... como los ladrones de las películas.» ¿No es cierto, Bill?

—Eso es lo que me dijiste.

—Es curioso que lo dijera, aunque entonces no pensé nada malo. Sólo que tendría prisa por llegar a su casa, y no se lo reproché. ¡Con el frío que hacía!

—Desde luego —convino Bill.

—Así que le dije a éste: «Echemos un vistazo a esta libretita y veamos si tiene importancia». Bueno, señor, y lo hice. «Sólo hay un par de direcciones», dije a Bill, «Calle Culver, 74, y otra de un *manor* de las afueras».

Joe prosiguió su historia con cierto gusto, ahora que había cogido el hilo.

—«Calle Culver, 74 —dije a Bill—. Esto está al volver la esquina. Cuando terminemos el trabajo, pasamos por ahí...», y entonces vi unas palabras escritas al principio de la página. «¿Qué es esto?», pregunté a Bill. Y él cogió la libreta de notas y leyó: «Tres ratones ciegos», me dijo, y en ese preciso momento... sí, en aquel mismo momento, oímos una voz de mujer que gritaba: «¡Asesino!», un par de calles más abajo.

Joe hizo una pausa para que su relato impresionara más.

—Y le dije a Bill: «Oye, ve a ver qué pasa». Y al cabo de un rato volvió diciendo que había un montón de gente y la policía y que una mujer se había cortado la yugular o había sido estrangulada, y que fue la patrona quien la encontró y gritó llamando a la policía. «¿Dónde ha sido?», le pregunté: «En la calle Culver». «¿Qué número?», le pregunté, y me dijo que no se había fijado.

Bill carraspeó, escondiendo los pies, avergonzado.

—Y yo dije: «Iremos a asegurarnos», y descubrimos que era el número 74. «Tal vez», dijo Bill, «esa dirección de la libretita no tenga nada que ver con esto». Pero yo le contesté que tal vez sí, y de todas maneras después de considerarlo bien y de haber oído que la policía deseaba interrogar a un hombre que había salido de aquella casa a aquella hora, vinimos para preguntar si podíamos ver al caballero encargado de este asunto, y estoy seguro y espero no haberle hecho perder el tiempo.

—Han obrado muy bien —dijo Parminter—. ¿Han traído esa libretita? Gracias. Ahora...

Sus preguntas fueron precisas y profesionales. Obtuvo el lugar exacto, la hora, datos... Lo único que no consiguió fue la descripción del hombre que había perdido la libretita. Pero en cambio le hicieron otra de una patrona presa de un ataque de histerismo, y de un abrigo abrochado hasta arriba, un sombrero calado hasta las orejas y una bufanda ocultando la parte baja del rostro, una voz que era sólo un susurro, unas manos enguantadas.

Cuando los dos hombres se hubieron marchado, permaneció contemplando aquel librito, que dejó abierto sobre la mesa... y que iría al departamento correspondiente para que comprobasen si había en él huellas digitales. Mas ahora su atención se hallaba concentrada en aquellas dos direcciones y en la línea de letras menudas escritas al principio de la página.

Volvió la cabeza al entrar el sargento Kane.

—Venga, Kane, y mire esto.

Kane lanzó un silbido al leer por encima de su hombro:

—¡*Tres ratones ciegos!* Bueno, que me cuelguen si...

—Sí —Parminter abrió un cajón y sacó media hoja de papel que puso encima de la mesa junto a la libretita de notas, y que había sido hallado prendido con un alfiler en las ropas de la mujer asesinada.

En el papel se leía:

Éste es el primero. Y debajo un dibujo infantil de tres ratones y un fragmento de pentagrama con unas notas.

Kane silbó la tonadilla.

—*Tres ratones ciegos… Ved cómo corren…*

—Muy bien. Ésa es la tonadilla de la firma.

—Es tonto, ¿verdad?

—Sí —Parminter frunció el ceño—. ¿No hay la menor duda acerca de la identificación de esa mujer?

—No, señor. Aquí tiene usted el informe de las huellas dactilares. Mistress Lyon, como se hacía llamar, era en realidad Maureen Greg. Hace dos meses que salió de Hollaway después de cumplir su condena.

Parminter dijo pensativo:

—Fue a la calle Culver 74, haciéndose pasar por Maureen Lyon. De vez en cuando bebía un poco y se sabe que llevó a un hombre a su casa un par o tres de veces. No demostró temer a nada ni a nadie, y no hay razón para que se creyera en peligro. Este hombre llama a la puerta, pregunta por ella y la patrona le dice que suba al segundo piso. No es capaz de describirle; dice únicamente que era de estatura mediana y al parecer un fuerte resfriado le había hecho perder la voz. Ella volvió a los bajos y no oyó nada que le hiciera entrar en sospecha. Ni siquiera le oyó salir. Diez minutos más tarde fue a subirle una taza de té a mistress Lyon y la encontró estrangulada. Éste no fue un asesinato fortuito, Kane. Había sido todo cuidadosamente planeado.

Hizo una pausa y agregó de improviso:

—Quisiera saber cuántas casas de huéspedes hay en Inglaterra que se llamen Monkswell Manor.

—Puede que sólo haya una, señor.

—Eso sería tener demasiada suerte. Pero averígüelo. No hay tiempo que perder.

Los ojos del sargento se posaron en las direcciones de la libretita. Calle Culver, 74, y Monkswell Manor.

Y dijo:

¿De modo que usted cree…?

—Sí. ¿Y usted no? —le atajó Parminter.

—Podría ser. Monskwell Manor… ahora que… ¿sabe que juraría que he visto ese nombre escrito en alguna parte últimamente?

—¿Dónde?

—Eso es lo que trato de recordar… Aguarde un momento… En un periódico… Última página. Aguarde… Hoteles y Casas de Huéspedes… Un momento, señor… era uno atrasado. Estaba resolviendo el crucigrama…

Salió corriendo de la habitación, regresando triunfante al poco rato.

—Aquí lo tiene, señor. Mire.

El inspector siguió la dirección del dedo índice del sargento.

—Monkswell Manor. Harplender, Berks.

—Descolgó el teléfono.

—Póngame con la policía del condado de Berkshire.

Capítulo III

Con la llegada del mayor Metcalf, Monkswell Manor comenzó a funcionar tan normalmente como cualquier negocio en marcha. El mayor Metcalf no resultaba tan solemne como mistress Boyle, ni excéntrico como Christopher Wren. Era un hombre de mediana edad, impasible, de aspecto marcial y apuesto, que había realizado la mayor parte de su servicio militar en la India. Pareció satisfecho con su habitación y el mobiliario, y aunque él y mistress Boyle no se habían conocido hasta entonces, el mayor había tenido amistad con varios primos de aquélla, de la rama de los Yorkshire, en Poonah. Su equipaje, consistente en dos pesadas maletas de piel de cerdo, aplacó todos los recelos de Giles.

A decir verdad, Molly y Giles no tuvieron mucho tiempo para hacer comentarios sobre sus huéspedes. Prepararon entre los dos la cena, la sirvieron, cenaron después ellos y fregaron los platos. El mayor Metcalf elogió el café y Giles y Molly se acostaron rendidos, pero satisfechos… para levantarse cerca de las dos de la madrugada para atender las insistentes llamadas del timbre.

—¡Maldita sea! —bufó Giles—. Llaman a la puerta. ¿Qué diablos…?

—Date prisa —repuso Molly—. Ve a ver.

Dirigiéndole una mirada de reproche, Giles envolvióse en su batín y bajó la escalera. Molly le oyó descorrer el cerrojo y luego un murmullo de voces en el vestíbulo, e impulsada por la curiosidad salió de la cama y fue a mirar desde lo alto de la escalera. Abajo, en el recibidor, Giles ayudaba a un barbudo desconocido a sacudirse la nieve del abrigo. Varios fragmentos de su conversación llegaron hasta ella.

—¡Brrr! —Tiritaba el extraño—. Mis dedos están tan helados que no los siento. Y mis pies… —Golpeó el suelo con ellos.

—Entre aquí —Giles le abrió la puerta de la biblioteca—. Está más caliente; será mejor que espere mientras le preparo su habitación.

—He tenido mucha suerte —dijo el desconocido.

Molly siguió mirando por entre los barrotes de la barandilla de la escalera y pudo ver a un anciano de barba negra y cejas mefistofélicas. Un hombre que se movía con la ligereza de un joven a pesar de las canas de sus sienes.

Giles cerró la puerta de la biblioteca tras él y subió a toda prisa. Molly abandonó su puesto de observación.

—¿Quién es? —quiso saber.

Giles sonrió.

—Otro huésped para nuestra Casa de Huéspedes. Su coche ha volcado en la nieve. Consiguió salir de él y se ha abierto camino como ha podido por la carretera (está soplando una fuerte ventisca, escucha) y vio nuestro letrero. Dice que fue como la respuesta a una plegaria.

—Y, ¿crees que es como es debido?

—Querida, no es una noche a propósito para que anden por ahí los rateros.

—Es extranjero, ¿verdad?

—Sí. Se llama Paravicini. Vi su cartera... Casi creo que la enseñó adrede..., atiborrada de billetes. ¿Qué habitación le damos?

—El cuarto verde. Está ya dispuesto. Sólo tendremos que hacer la cama.

—Me imagino que tendré que dejarle un pijama. Lo ha abandonado todo en el automóvil. Dijo que tuvo que salir por la ventanilla.

Molly fue en busca de sábanas, almohadas y toallas. Mientras hacían la cama a toda prisa, Giles le dijo:

—La nevada es muy densa. Vamos a quedar bloqueados por la nieve y completamente aislados. En cierto modo resulta emocionante, ¿no crees?

—No lo sé —repuso Molly preocupada—. ¿Tú crees que sabré hacer pan de soda?

—Pues claro que sí. Tú entiendes mucho de cocina —le dijo su fiel marido.

—Nunca he intentado hacer pan. Puede ser duro o tierno, pero es algo que nos lo trae el panadero cada día. Pero si quedamos bloqueados no podrá venir.

—Ni él ni el carnicero, ni el cartero. No recibiremos periódicos y es probable que se corte el teléfono.

—¿Sólo nos quedará la radio para saber lo que debemos hacer?

—De todas maneras, tenemos luz propia.

—Debo poner en marcha el motor mañana mismo. Y hay que conservar la calefacción a toda potencia.

—Me figuro que el próximo envío de carbón no llegará en unos cuantos días y nos queda muy poco.

—¡Oh, qué contratiempo, Giles! Presiento que lo vamos a pasar muy mal. Date prisa y trae a Para... como se llame. Yo me vuelvo a la cama.

A la mañana siguiente se confirmaron los pronósticos de Giles. La nieve alcanzó una altura de casi medio metro, y el viento la arremolinaba contra la puerta y ventanas. Seguía nevando. El mundo exterior se había vuelto blanco, silencioso, y en cierto modo... amenazador.

2

Mistress Boyle se sentó a desayunar. No había nadie más en el comedor. Acababan de retirar de la mesa contigua el servicio del mayor Metcalf, y la de míster Wren estaba dispuesta todavía para el desayuno. Por lo visto, uno se había levantado antes y el otro lo haría después. Mistress Boyle era la única que sabía que las nueve en punto es la hora adecuada para desayunar.

Mistress Boyle había terminado la excelente tortilla e iba dando cuenta de las tostadas con ayuda de sus dientes blancos y fuertes. Estaba descontenta y defraudada. Monkswell Manor no era ni remotamente como ella lo había imaginado. Esperaba haber podido organizar partidas de bridge con solteronas que se dejaran impresionar por su posición social y por sus relaciones, y a las que podría insinuar la importancia y secretos de los servicios que había prestado durante la guerra.

El término de la guerra había dejado a mistress Boyle anclada, como lo estaba, en una playa desierta. Siempre fue una mujer activa, que hablaba sin cesar de eficiencia y organización, lo cual había evitado que la gente le preguntara si era una buena y eficiente... organizadora. Las actividades de guerra le habían venido como anillo al dedo. Había dirigido, animado y preocupado, a decir verdad, a mucha gente sin concederse ni un minuto de descanso. Y ahora, toda aquella vida intensa y activa había terminado. Volvía a su vida privada y su antigua vida agitada ya no existía. Su casa, que había sido requisada por el Ejército, necesitaba ser reparada y pintada de arriba abajo antes de que pudiera volver a habitarla, y la dificultad de encontrar servicio la hacía insostenible. Sus amigos se habían desperdigado, y aunque algún día encontraría su puesto, de momento era cosa de dejar transcurrir el tiempo. Un hotel o una casa de huéspedes le pareció la mejor solución, y por eso resolvió ir a Monkswell.

Miró a su alrededor con disgusto.

—Debieron haberme dicho que estaban empezando —dijo para sus adentros.

Apartó el plato. En cierto modo, el hecho de que el desayuno estuviera perfectamente preparado y servido, con buen café y mermelada casera, le contrariaba todavía más, ya que la privaba de un legítimo motivo de queja. Asimismo, su cama era muy cómoda, con sábanas bordadas y almohada blanda y suave. A mistress Boyle le agradaba el confort, pero también el poder encontrar defectos. Y esto último tal vez fuera su pasión más arraigada.

Mistress Boyle, levantándose majestuosamente, salió del comedor y se cruzó en la puerta con aquel extraordinario joven de cabellos rojizos, que aquella mañana lucía una corbata de cuadros, verde rabioso... una corbata de lana.

«Absurda —díjose mistress Boyle—. Completamente absurda.»

Y el modo de mirarla aquel joven con el rabillo de aquellos ojos claros... también le disgustaba. Había algo molesto..., extraño... en aquella mirada ligeramente burlona.

«No me extrañaría que fuese un desequilibrado mental», continuó diciéndose mistress Boyle.

Y saludándole con una ligera inclinación de cabeza, para corresponder a su extravagante reverencia, entró en el espacioso salón. ¡Qué butacones más cómodos... sobre todo el de color rosa! Sería mejor que les hiciera comprender desde ahora que aquélla iba a ser su butaca. Puso su labor sobre ella, a modo de señal y fue a apoyar la mano sobre los radiadores. Sus ojos brillaron con arrogancia. Ya tenía algo de qué quejarse.

Miró por la ventana.

Vaya un tiempo malo... malísimo. Bueno, no se quedaría mucho tiempo allí... a menos que llegara más gente y empezara a divertirse.

Un montón de nieve cayó desde el tejado produciendo un ruido ahogado. Mistress Boyle se estremeció.

—No —dijo en voz alta—. No me quedaré mucho tiempo aquí.

Alguien rió..., risita de falsete, haciéndole volver la cabeza. El joven Wren la contemplaba desde la puerta con aquella extraña expresión tan característica en él.

—No —le dijo—. No creo que dure mucho aquí.

El mayor Metcalf ayudaba a Giles a quitar la nieve amontonada ante la puerta posterior. Era muy diestro en el manejo de la pala y Giles no cesaba de prodigar frases de elogio y gratitud.

—Es un buen servicio —dijo el mayor Metcalf—. Debiera hacerse a diario. Ya sabe usted que ello ayuda a conservar la línea.

De modo que el mayor era un amante del ejercicio físico. Giles lo había temido desde que le oyó pedir que le sirviese el desayuno a las siete y media.

Como si leyera su pensamiento, Metcalf le dijo:

—Su esposa ha sido muy amable al prepararme el desayuno tan temprano, ha sido un placer poder tomar un huevo recién puesto.

Giles se había levantado antes de las siete a causa de las exigencias de la marcha del hotel. En compañía de Molly estuvo cociendo los huevos, preparando el té y arreglando el comedor y la biblioteca. Todo estaba limpio y dispuesto. Giles no pudo dejar de pensar que de haber sido un huésped de su propio establecimiento, nadie le hubiera sacado de la cama en una mañana semejante hasta el último momento posible.

No obstante, el mayor se había levantado, desayunado y deambulado por la casa pletórico de energía y buscando en qué entretenerse.

«Bueno —pensó Giles—, hay mucha nieve que quitar.»

Dirigióle una mirada de soslayo. La verdad era que no resultaba un hombre fácil de clasificar. Reservado, de mediana edad, y mirada extraña y observadora. Un hombre que no dejaba traslucir nada. Giles se preguntó por qué habría ido a Monkswell Manor. Probablemente le acababan de licenciar y estaría sin ocupación.

4

Míster Paravicini apareció más tarde. Había tomado café y una tostada…, un frugal desayuno europeo continental.

Cuando Molly se lo sirvió, tuvo una sorpresa al verle levantarse y hacerle una exagerada reverencia mientras le preguntaba:

—¿Es usted mi encantadora patrona? ¿Me equivoco?

Molly le dijo lacónicamente que estaba en lo cierto. A aquellas horas no tenía humor para galanteos.

«¿Y por qué todo el mundo tiene que desayunar a distinta hora? —se lamentaba al ir amontonando los platos en el fregadero—. Resulta muy molesto.»

Una vez lavados y colocados en el escurreplatos corrió a hacer las camas. Aquella mañana no podía esperar la ayuda de Giles. Tenía que abrir camino hasta la casita desde la caldera y el gallinero.

Molly hizo las camas a toda marcha y lo mejor que pudo, estirando las sábanas y metiéndolas por los lados lo más de prisa posible.

Estaba barriendo el suelo de uno de los cuartos de baño cuando sonó el teléfono.

Molly experimentó primero una sensación de contrariedad porque interrumpían su trabajo, pero luego sintió alivio al pensar que por lo menos seguía funcionando el teléfono, y bajó corriendo para atender la llamada.

Llegó a la biblioteca casi sin aliento y descolgó el auricular.

—¿Sí?

Una voz llena, con un ligero acento del país, preguntó:

—¿Monkswell Manor?

—Sí. Aquí la Casa de Huéspedes Monkswell Manor.

—¿Podría hablar con el comandante Davis, por favor?

—Ahora no puede ponerse al aparato —dijo Molly—. Soy mistress Davis. ¿Quién le llama, por favor?

—El inspector Hogben, de la policía de Merkshire.

Molly se quedó sin respiración.

—Oh, sí... es..., ¿sí?

—Mistress Davis, se ha presentado un asunto bastante urgente. No quiero decir mucho por teléfono, pero he enviado al sargento detective Trotter a su casa a la que llegará de un momento a otro.

—Pero no lo conseguirá. Estamos bloqueados por la nieve... completamente aislados. Los caminos están intransitables.

La voz no perdió su seguridad.

—Trotter llegará ahí de todas maneras —le dijo—. Haga el favor de advertir a su esposo para que escuche con toda atención lo que Trotter tiene que decirle y que siga sus instrucciones sin la menor reserva. Eso es todo, mistress Davis.

—Pero, inspector Hogben, qué...

Mas ya había cortado la comunicación. Era evidente que Hogben, una vez dicho todo lo que tenía que decir, daba por terminada la conferencia. Molly colgó el auricular y volvióse al mismo tiempo que se abría la puerta.

—¡Oh, Giles, ya estás aquí, querido!

Giles traía nieve en los cabellos y la cara bastante tiznada de carbón. Parecía sudoroso.

—¿Qué te ocurre, cariño? He llenado de carbón el depósito y he entrado leña. Ahora iré al gallinero y luego a echar un vistazo a la caldera. ¿Te parece bien? ¿Qué es lo que pasa, Molly? Pareces asustada.

—Giles, era la *policía*.

—¿La policía? —El tono de Giles expresaba asombro.

—Sí, nos envían un inspector, sargento, o algo parecido.

—Pero ¿por qué? ¿Qué hemos hecho?

—No lo sé. ¿Tú crees que será por aquella mantequilla que nos hicimos traer de Irlanda?

Giles tenía el ceño fruncido.

—No me habré olvidado de sacar la licencia de la radio, ¿verdad?

—No. Está en el escritorio. Giles, mistress Bidlock me dio cinco de sus cupones por mi viejo abrigo de tweed. Supongo que esto está prohibido…, pero yo lo encuentro perfectamente justo. Yo tengo un abrigo menos, así que, ¿por qué no voy a tener los cupones? Oh, querido, ¿qué otra cosa habremos hecho?

—El otro día tuve un pequeño encontronazo con el coche… Pero fue culpa del otro. Sin la menor duda…

—Debemos haber hecho *algo* —gimió Molly.

—Lo malo es que prácticamente todo lo que uno hace hoy en día es ilegal —dijo Giles apesadumbrado—. Por eso siempre se tiene cierta sensación de culpabilidad. Me imagino que será algo relacionado con el asunto de la casa de huéspedes. Probablemente para ejercer de hoteleros debe haber una serie de requisitos que observar, de los que ni siquiera tenemos idea.

—Yo creí que lo único que importaba era lo referente a la bebida. Y no hemos servido nada a nadie. Por otra parte, ¿por qué no habríamos de admitir huéspedes en nuestra propia casa de la manera que más nos agrade?

—Lo sé. Parece lo más natural, pero como te digo, hoy en día todo está más o menos prohibido.

—¡Oh, Dios mío! —suspiró Molly—. ¡Ojalá no hubiéramos emprendido este negocio! Vamos a estar varios días bloqueados por la nieve, todos se pondrán de mal humor y se comerán nuestras reservas de provisiones y no sé lo que será de nosotros.

—Anímate, cariño —repuso Giles—. Estamos pasando un mal momento, pero todo se arreglará.

La besó en la frente distraído y soltándola agregó en otro tono de voz:

—¿Sabes, Molly, que, pensándolo bien, debe ser algo de bastante importancia para que envíen a un sargento a pesar de la nieve?

Hizo un gesto señalando hacia el exterior y dijo:

—Debe tratarse de algo muy *urgente.*

Se miraron perplejos y en aquel momento abrióse la puerta
dando paso a mistress Boyle.

—¡Ah, está usted aquí, míster Davis! —dijo la recién llegada—.
¿Sabe que el radiador del salón está frío como el mármol?

—Lo siento, mistress Boyle. Andamos algo escasos de carbón y…

Mistress Boyle le atajó con dureza.

—Pago siete guineas a la semana…, *siete* guineas. Y no estoy
dispuesta a helarme.

Giles se puso como la grana y repuso escuetamente:

—Procuraré remediarlo.

Cuando salió de la estancia, mistress Boyle volvióse a Molly.

—Si no le molesta que se lo diga, mistress Davis, creo que tiene hospedado en su casa a un joven muy particular… Sus modales…, sus corbatas…, ¿y nunca se peina?

—Es un joven arquitecto, que ha hecho una gran carrera —dijo Molly.

—Le ruego me perdone, pero…

—Christopher Wren es arquitecto y…

—Déjeme hablar, mi querida joven. Naturalmente que sé
quién era sir Christopher Wren. Era arquitecto. Fue quien cons-
truyó San Pablo.

—Yo me refiero a este otro Wren. Sus padres le llamaron Christopher porque esperaban que fuera arquitecto. Y lo es… bueno, o
casi lo es.

—¡Hum! —gruño mistress Boyle—. A mí me parece esto una
historia bastante extraña. Yo que usted haría algunas averigua-
ciones acerca de su persona. ¿Qué es lo que sabe de él?

—Tanto como de usted, mistress Boyle… es decir, que también me paga siete guineas a la semana. Y en realidad eso es todo lo que necesitamos saber, ¿no le parece? Y por lo que a mí
respecta, no me importa que mis huéspedes me gusten o…
—Molly miró fijamente a mistress Boyle—, no me gusten.

Mistress Boyle enrojeció por el enojo.

—Es usted joven y sin experiencia y debiera agradecer los
consejos de alguien que sabe más que usted. ¿Y qué me dice de
ese extranjero? ¿*Cuándo* ha llegado?

—A medianoche.

—Vaya. Es muy curioso. No es una hora muy corriente.

—Negarse a admitir a los viajeros sena ir contra la ley, mistress Boyle. —Y agregó en tono menos agresivo—: Tal vez no sepa eso.

—Todo lo que puedo decir es que ese Paravicini, o como se llame, me parece...

—¡Cuidado, cuidado, querida señora...! Cuando se habla del papa de Roma...

Mistress Boyle pegó un salto como si acabara de ver al mismísimo diablo. Míster Paravicini que acababa de entrar silenciosamente en la habitación sin que ellas se dieran cuenta, rió, frotándose las manos con ademán sarcástico.

—Me ha asustado usted —le dijo mistress Boyle—. No le he oído entrar.

—Para eso he entrado de puntillas —repuso míster Paravicini—. Nadie me oye nunca entrar o salir. Lo encuentro muy divertido. Algunas veces oigo cosas y eso también me divierte. —Y agregó en tono más bajo—: Y nunca olvido lo que oigo.

Mistress Boyle dijo en voz débil:

—¿De veras? Voy a buscar mi labor... la dejé en el salón.

Y salió a toda prisa. Molly se quedó contemplando a míster Paravicini con expresión ausente. Él se le acercó andando a saltitos.

—Mi encantadora patrona parece preocupada —y antes de que Molly pudiera evitarlo le besó en la mano—. ¿Qué pasa, querida señora?

Molly retrocedió. No estaba segura de que le agradara aquel individuo que la miraba como un viejo sátiro.

—Esta mañana se hace todo bastante difícil a causa de la nieve —le dijo con ligereza.

—Sí. —Míster Paravicini volvió la cabeza para mirar por la ventana—. La nieve lo complica todo, ¿no es cierto? O al contrario, lo hace todo muy fácil.

—No sé a qué se refiere.

—No —repuso él pensativo—. Hay muchas cosas que *usted* ignora. Por ejemplo, me parece que no sabe gran cosa de cómo administrar y regir una casa de huéspedes.

Molly alzó la barbilla.

—Confieso que es cierto..., pero tenemos intención de salir adelante.

—¡Bravo, bravo!

—Después de todo —la voz de Molly demostraba una ligera ansiedad—, no soy tan mala cocinera...

—Sin duda alguna es usted una cocinera encantadora —repuso míster Paravicini.

«¡Qué molestos resultan los extranjeros!», pensó Molly.

Tal vez míster Paravicini leyera sus pensamientos pues el caso fue que sus modales cambiaron y habló sosegado y muy serio.

—¿Puedo darle un pequeño consejo, mistress Davis? Usted y su esposo no debieron ser tan confiados. ¿Tienen alguna referencia de sus huéspedes?

—¿Es costumbre obtenerlas? —Molly pareció algo azorada—. Yo creí que la gente acudía... y eso bastaba.

—Siempre es aconsejable saber algo de las personas que duermen bajo nuestro techo. —Se inclinó para darle unos golpecitos en el hombro con aire ligeramente amenazador—. Tómeme a mí como ejemplo. Aparecí a medianoche diciendo que mi coche había volcado a causa de la ventisca. ¿Qué sabe de mí? Nada en absoluto. Y tal vez tampoco sepa nada de ninguno de los otros huéspedes.

—Mistress Boyle... —comenzó a decir Molly, más se detuvo al ver a la aludida entrar en la estancia con su labor de punto en la mano.

—El salón está demasiado frío. Me sentaré aquí. —Y se dirigió hacia la chimenea.

Míster Paravicini se le adelantó con su andar peculiar.

—Permítame que avive el fuego.

Y Molly se sorprendió, lo mismo que la noche anterior, ante la jovial elasticidad de su paso. Había observado que siempre procuraba conservarse de espaldas a la luz y ahora, al arrodillarse ante el fuego, comprendió la razón. El rostro del señor Paravicini mostrábase inteligentemente «maquillado».

De modo que el viejo estúpido quería parecer más joven de lo que era, ¿verdad? Pues no lo conseguía. Representaba su edad, e incluso más. Sólo su paso firme resultaba una contradicción. Y tal vez también eso estuviera cuidadosamente calculado.

Le sacó de su ensimismamiento la brusca aparición del mayor Metcalf.

—Mistress Davis. Me temo que las cañerías... de... es... —bajó la voz— del sótano estén heladas.

—¡Oh, Dios mío! —gimió Molly—. ¡Qué día! ¡Primero la policía y ahora las cañerías!

Míster Paravicini dejó caer el atizador con estrépito. Mistress Boyle suspendió su labor. Molly, que miraba al mayor Metcalf, quedó extrañada de su repentina inmovilidad y la indescriptible expresión de su rostro... como si hubiera dejado de experimentar emociones y no fuera más que una talla de madera.

—¿Ha dicho la *policía*?

Molly tuvo conciencia de que tras su impasibilidad aparente se desarrollaba una violenta emoción. Pudiera ser temor, precaución o sorpresa..., pero escondía *algo*. Aquel hombre podía resultar *peligroso*.

Volvió a hablar, esta vez en tono de simple curiosidad:

—¿Qué es eso de la policía?

—Han telefoneado —dijo Molly— hace muy poco rato, para decir que van a enviar aquí a un sargento. —Miró por la ventana—. Pero yo no creo que consiga llegar —dijo esperanzada.

—¿Por qué nos envían a un policía? —Dio un paso hacia ella, pero antes de que Molly pudiera decir palabra, se abrió la puerta y entró Giles.

—Este carbón parece de piedra —dijo contrariado. Luego agregó—: ¿Ocurre algo?

El mayor Metcalf volvióse de repente hacia él:

—He sabido que va llegar la policía. ¿Por qué?

—¡Oh, no tenga cuidado! —repuso Giles—. Nadie puede llegar hasta aquí. Hay casi medio metro de nieve. Los caminos están bloqueados. No es posible que se acerque nadie.

Y en aquel momento dieron tres golpecitos en la ventana.

Capítulo IV

Todos se sobresaltaron, y durante unos segundos no consiguieron localizar la procedencia de la llamada, que llegaba hasta ellos como un aviso fantasmal. Hasta que, con un grito, Molly señaló la ventana, donde un hombre golpeaba con los nudillos en el marco, y todos se explicaron el misterio de su llegada al ver que llevaba puestos los esquíes.

Lanzando una exclamación, Giles cruzó la estancia para abrir la ventana.

—Gracias, señor —dijo el recién llegado, que tenía una voz alegre y un rostro muy moreno—. Soy el sargento detective Trotter —presentóse él mismo.

Mistress Boyle le miró con disgusto por encima de su labor de punto.

—No es posible que sea ya sargento —dijo mirándole desaprobadoramente—. Es usted demasiado joven.

El joven, que por cierto lo era mucho, páreció ofenderse y dijo en tono ligeramente molesto:

—No soy tan joven como parezco, señora.

Sus ojos recorrieron el grupo hasta detenerse en Giles.

—¿Es usted míster Davis? ¿Puedo quitarme los esquíes y dejarlos en alguna parte?

—Desde luego, venga conmigo.

Cuando la puerta del vestíbulo se hubo cerrado tras ellos, mistress Boyle dijo con acritud:

—¿Para eso pagamos hoy en día a nuestros policías? ¿Para que se diviertan practicando deportes de invierno?

Paravicini se había acercado a Molly y le preguntó:

—¿Por qué ha enviado a buscar a la policía, mistress Davis?

Ella retrocedió un tanto bajo la firmeza y malignidad de aquella mirada. Aquél era un nuevo Paravicini, y por unos instantes Molly sintió miedo.

—¡Pero si yo no he avisado! —dijo con desmayo.

Y entonces Christopher Wren entró por la puerta, muy excitado, diciendo con voz penetrante:

—¿Quién es ese hombre que hay en el vestíbulo? ¿De dónde ha salido? Es preciso ser muy valiente para venir con este tiempo.

La voz de mistress Boyle se dejó oír por encima del entrechocar de sus agujas de crochet.

—Puede que lo crea o no, pero ese hombre es un policía. ¡Un policía... esquiando!

Su tono parecía expresar que se había llegado al quebrantamiento de la gradación entre las clases sociales.

—Perdóneme, mistress Davis, ¿podría utilizar un momento el teléfono?

—Desde luego, mayor Metcalf.

El mayor se dirigió al aparato mientras Christopher Wren decía con su voz chillona:

—Es muy guapo, ¿no les parece? Siempre he creído que los policías tienen un gran atractivo.

—Oiga... oiga... —El mayor Metcalf gritaba irritado por el auricular. Volvióse a Molly—. Mistress Davis, este teléfono está muerto, completamente muerto.

—Funcionaba muy bien hace sólo un momento. Yo...

La interrumpió la risa estridente, casi frenética, de Chistopher Wren.

—De modo que ahora estamos completamente aislados. Es divertido, ¿verdad?

—Yo no le veo la gracia —repuso el mayor Metcalf.

—Ni yo, desde luego —dijo mistress Boyle.

Christopher continuaba riendo a carcajadas.

—Se trata de un chiste personal —dijo—. ¡Chitón —se llevó el índice a los labios—, que viene el poli!

Giles entraba en aquel momento con el agente Trotter. Este último se había librado de los esquíes y sacudido la nieve, y llevaba en la mano una gran libreta y un lápiz.

—Molly —dijo Giles—, el sargento Trotter quiere hablar unos momentos con nosotros dos en privado.

Molly les siguió fuera de la estancia.

—Pasemos al gabinete —invitó Giles.

Fueron a la reducida habitación situada al fondo del vestíbulo que habían bautizado con este nombre. El sargento Trotter cerró la puerta con sumo cuidado.

—¿Qué es lo que hemos hecho? —preguntó Molly, inquieta.

—¿Hecho? —El sargento Trotter la miró sonriente—. ¡Oh! —agregó—. No se trata de eso, señora. Lamento haber dado lugar a un malentendido. No, mistress Davis, es algo distinto por completo. Es más bien un caso de protección de la policía, no sé si me comprenden ustedes.

Como no entendieron lo más mínimo, los dos le miraron interrogantes.

El sargento Trotter siguió hablando:

—Es con relación a la muerte de mistress Lyon. Mistress Maureen Lyon, que fue asesinada en Londres hace dos días. Tal vez lo hayan leído ustedes en los periódicos.

—Sí —dijo Molly.

—Lo primero que quiero saber es si ustedes conocían a mistress Lyon.

—Jamás la había oído nombrar —dijo Giles, y Molly murmuró unas palabras para acompañarle en su negativa.

—Bien, ya me lo figuro. Pero a decir verdad, Lyon no era el verdadero nombre de la interfecta. La policía tenía su ficha con las huellas dactilares, de modo que pudieron identificarla sin dificultad. Su verdadero nombre era Gregg; Maureen Gregg. Su fallecido esposo, John Gregg, fue un granjero residente en Longridge Farm, no muy lejos de aquí. Es posible que ustedes hayan oído hablar del caso Longridge Farm.

En la estancia reinaba el silencio más absoluto. Sólo se oía el golpe amortiguado de la nieve que resbalaba del tejado.

Trotter agregó:

—Tres niños evacuados se alojaron en casa de los Gregg en Longridge Farm en 1940. Uno de esos niños falleció a consecuencia de abandono y malos tratos. El caso armó mucho alboroto, y los Gregg fueron condenados a presidio. Gregg escapó cuando le llevaban a la cárcel, robó un automóvil y sufrió un accidente durante el intento de burlar a la policía. Murió en el acto. Mistress Gregg cumplió su condena y fue puesta en libertad hará unos dos meses.

—Ya hora ha sido asesinada —dijo Giles—. ¿Quién suponen que la mató?

Pero el sargento Trotter no era partidario de las prisas.

—¿Recuerda el caso, señor? —quiso saber.

Giles negó con la cabeza.

—En 1940 yo era guardiamarina y servía en el Mediterráneo.

Trotter dirigió su mirada a Molly.

—Yo…, yo recuerdo haber oído algo —dijo Molly bastante inquieta—. Pero, ¿por qué se dirige usted a nosotros? ¿Qué tenemos que ver con esto?

—Pues porque es posible que corran peligro, mistress Davis.

—¿Peligro? —Giles estaba asombrado.

—Ocurre lo siguiente, señor. Cerca del lugar del crimen se recogió un librito de notas en el que había apuntadas dos direcciones. La primera: calle Culver, 74.

—¿Allí donde fue asesinada esa mujer? —dijo Molly.

—Sí, mistress Davis. La otra dirección era: Monkswell Manor.

—¿Qué? —Molly exteriorizó su asombro—. Pero eso es extraordinario.

—Sí. Por eso el inspector Hogben consideró necesario averiguar si ustedes conocían la relación que pudiera existir entre ustedes, o esta casa, y el caso Longridge Farm.

—Ninguna…, absolutamente ninguna —repuso Giles—. Debe tratarse de una coincidencia.

—El inspector Hogben no lo considera así —dijo el sargento Trotter con amabilidad—; y hubiera venido él en persona de haberle sido posible. Debido al estado del tiempo, y por ser yo un esquiador experto, me ha enviado a mí para que averigüe todo lo referente a las personas que habitan esta casa, y que debo transmitir por teléfono, y para que tome las medidas que considere necesarias para la seguridad de todos.

Giles exclamó con acritud:

—¿Seguridad? Pero ¿es que cree que van a asesinar a alguien *aquí*?

—No quisiera asustar a su esposa —dijo Trotter—, pero eso es precisamente lo que teme el inspector Hogben.

—¿Y qué razones pueden tener…?

Giles se interrumpió y Trotter precisó:

—Eso es lo que he venido a averiguar.

—Pero todo esto es una *locura*.

—Sí, señor. Y precisamente porque es una locura, resulta peligroso.

—Hay algo más que todavía no nos ha dicho, ¿verdad, sargento? —preguntó Molly.

—Sí, señora. En la parte superior de la hoja del librito de notas habían escrito: «Tres Ratones Ciegos», y prendido en las ropas del cadáver de la mujer asesinada se encontró un papel con las palabras: «Éste es el primero», un dibujo de tres ratones y un pentagrama con la tonadilla infantil *Tres Ratones Ciegos*.

Molly cantó por lo bajo:

Tres Ratones Ciegos,
¡Van tras la mujer del granjero!
Ved cómo corren.
Les…

Se interrumpió.

—¡Oh, es horrible… *horrible!* Eran tres niños, ¿verdad?

—Sí, mistress Davis. Un muchacho de quince años, una niña de catorce y el niño de doce, que murió…

—¿Qué fue de los otros dos?

—Creo que la niña fue adoptada, pero no hemos conseguido dar con su paradero. El muchacho tendrá ahora unos veintitrés años. Hemos perdido su rastro. Se dice que siempre fue un poco… raro. A los dieciocho años se alistó en el Ejército, para desertar más tarde. Desde entonces no se ha sabido de él. El psiquiatra del Ejército dice que, desde luego, no es normal.

—¿Y usted cree que haya sido él quien asesinó a mistress Lyon? —preguntó Giles—. ¿Y que es un maniático homicida que puede venir aquí por alguna razón desconocida?

—Supongo que debe de haber alguna relación entre alguno de los que viven aquí y el caso de Longridge Farm. Una vez hayamos establecido esta relación, podremos prevenirnos. Usted declara que no tiene nada que ver con ese caso, ¿verdad? Y usted lo mismo, ¿eh, mistress Davis?

—Yo… Oh, sí…, sí…

—¿Quieren decirme exactamente quiénes habitan en esta casa?

Le dieron los nombres. Mistress Boyle, el mayor Metcalf. Christopher Wren… Y míster Paravicini. El sargento los fue anotando en su libreta.

—¿Criados?

—No tenemos criados —repuso Molly—. Y eso me recuerda que debo subir a pelar patatas.

Y salió de la habitación a toda prisa.

Trotter miró a Giles.

—¿Qué sabe usted de esas personas?

—Yo… nosotros… —Giles hizo una pausa antes de agregar con calma—: La verdad es que no sabemos nada de ellos, sargento. Mistress Boyle escribió desde su hotel de Bournemouth. El mayor Metcalf desde Leamington. Míster Wren desde un hotel particular de South Kessington. Míster Paravicini surgió de la nada… o mejor dicho, de entre la nieve… Su automóvil había volcado a causa de la ventisca, cerca de aquí. No obstante, supongo que tendrá tarjeta de identidad, cartilla de racionamiento o alguno de esos papeles.

—Ya lo averiguaremos, desde luego.

—En cierto modo es una suerte que haga tan mal tiempo —dijo Giles—. Así el asesino no podrá llegar hasta aquí, ¿no le parece?

—Tal vez no le sea necesario venir, míster Davis.

—¿Qué quiere decir? —repitió.

El sargento Trotter vaciló unos instantes y luego dijo:

—Tenemos que considerar que *es posible que ya esté aquí.*

Giles le miró sorprendido.

—¿Qué quiere decir? —repitió.

—Mistress Gregg fue asesinada hace dos días. Y *todos sus huéspedes han llegado aquí después, ¿verdad, míster Davis?*

—Sí, pero habían reservado habitación… algún tiempo antes… todos, excepto Paravicini.

El sargento Trotter suspiró. Su voz denotaba cansancio.

—Estos crímenes fueron planeados de antemano.

—¿Crímenes? ¡Pero si sólo se ha cometido uno! ¿Por qué está tan seguro de que haya de haber otro?

—Lo habrá… No; espero evitarlo. Pero se intentará, estoy seguro de ello.

—Pero entonces… si está en lo cierto —Giles habló muy excitado—, sólo hay una persona que puede ser el asesino. La única que tiene la edad precisa: *Christopher Wren.*

2

El sargento Trotter entró en la cocina.

—Mistress Davis —dijo a Molly—, me agradaría que pudiera usted acompañarme a la biblioteca. Quisiera interrogarles a todos. Míster Davis ha sido tan amable de ir a prevenirles…

—Muy bien…, pero déjeme que termine de pelar las patatas… Algunas veces desearía que sir Walter Raleigh no las hubiera descubierto nunca…

El sargento Trotter guardó silencio y Molly agregó para disculparse.

—La verdad es que todo me parece fantástico…

—No es fantástico, mistress Davis. Se trata de *hechos.*

45

—¿Tiene usted la descripción del hombre? —preguntó Molly con curiosidad.

—De estatura mediana, más bien delgado, llevaba un abrigo oscuro y sombrero gris; hablaba con voz apenas perceptible y se cubría el rostro con una bufanda. Ya ve... podría ser cualquiera. —Hizo una pausa y agregó—: Hay tres abrigos oscuros y tres sombreros grises colgados en el vestíbulo, mistress Davis.

—No creo que ninguno de mis huéspedes viniera de Londres precisamente.

—¿No, mistress Davis? —Y con un movimiento rápido el sargento Trotter dirigióse al aparador y cogió un periódico.

—El *Evening Standard* del 19 de febrero. De hace dos días. Alguien lo ha traído aquí, mistress Davis.

—¡Qué extraño! —sorprendióse Molly al tiempo que una ligera lucecita brillaba en su memoria—. ¿Cómo puede haber llegado ese periódico?

—No debe juzgar siempre a las personas por su apariencia, mistress Davis. La verdad es que usted no sabe nada de la gente que tiene en su casa. Eso me da a entender que ustedes dos son nuevos en este negocio.

—Sí, es cierto —admitió Molly sintiéndose de pronto muy joven, tonta e inexperta.

—Y tal vez tampoco lleven mucho tiempo de casados.

—Sólo un año. —Se sonrojó ligeramente—. ¡Fue todo tan rápido...!

—Amor a primera vista —dijo el sargento Trotter con simpatía. Molly no fue capaz de enfadarse.

—Sí —dijo, añadiendo a modo de confidencia—: Hacía quince días que nos conocíamos...

Sus pensamientos volaron a aquellos catorce días de noviazgo vertiginoso. No habían existido dudas... En aquel mundo preocupado, de confusión y nerviosismo, se había realizado el milagro de su mutuo encuentro... Una ligera sonrisa curvó sus labios.

Volvió a la realidad, bajo la mirada indulgente del sargento Trotter.

—Su esposo ha nacido por esta región, ¿verdad?

—No —repuso Molly, distraída—. Es de Lincolnshire.

Sabía muy pocas cosas de la infancia y juventud de Giles. Sus padres habían muerto y él evitaba hablar de su niñez. Molly suponía que de niño debía ser muy desgraciado.

—Permítame que le diga que son ustedes muy jóvenes para dirigir un negocio como éste —dijo el sargento.

—¡Oh, no lo sé! Yo tengo veintidós años y además...

Se interrumpió al abrirse la puerta y entrar Giles.

—Todo está dispuesto. Ya les he puesto en antecedentes —anunció—. Espero que le parecerá a usted bien, ¿verdad?

—Eso ahorra tiempo —repuso Trotter—, ¿Está preparada, mistress Davis?

3

Cuando el sargento Trotter entró en la biblioteca oyó simultáneamente cuatro voces.

La más aguda y chillona era la de Christopher Wren, que declaraba que no iba a poder dormir aquella noche, que todo era emocionante y por favor, *por favor*, pedía que le dieran más detalles.

A modo de acompañamiento, mistress Boyle afirmaba con voz grave:

—Esto es una afrenta... ¡Valiente protección tenemos...! La policía no tiene derecho a dejar que los asesinos anden sueltos por el país.

Míster Paravicini accionaba elocuentemente con ambas manos y sus palabras quedaban ahogadas por la voz de Boyle. De vez en cuando podían oírse las frases tajantes del mayor Metcalf pidiendo «pruebas».

Trotter alzó la mano y todos, a un mismo tiempo, enmudecieron.

—¡Gracias! —les dijo—. Míster Davis acaba de hacerles un resumen del motivo de mi presencia. Ahora deseo saber una cosa, una sola cosa y pronto. *¿Quién de ustedes tiene algo que ver con el caso de Longridge Farm?*

El silencio continuó inalterable y cuatro rostros impasibles fijaron sus miradas en el sargento Trotter. Los rasgos de las emociones de momentos antes: indignación, histeria, curiosidad..., se habían desvanecido de aquellos semblantes.

El sargento Trotter volvió a hacer uso de la palabra, esta vez con más apremio.

—Por favor, entiéndanme. Tenemos razones para creer que uno de ustedes corre peligro... peligro de muerte... *¡Tengo que averiguar quién es!*

Nadie habló ni se movió.

La ira alteraba ahora la voz de Trotter.

—Muy bien... Les interrogaré uno por uno. ¿Míster Paravicini?

Una sonrisa apenas perceptible apareció en los labios de míster Paravicini, quien alzó las manos en un gesto de protesta.

—¡Pero si yo soy un extraño en esta región, señor inspector! No sé nada, nada en absoluto, de los sucesos locales a que se refiere usted.

Trotter, sin perder tiempo, prosiguió:

—¿Mistress Boyle?

—La verdad, no veo por qué..., quiero decir..., ¿por qué tendría yo que ver en tan desagradable asunto?

—¿Míster Wren?

—Por aquel entonces era yo un niño —repuso Christopher con voz estridente—. Ni siquiera recuerdo haber *oído* nunca hablar de ello.

—¿Y usted, mayor Metcalf?

—Lo leí en los periódicos —repuso con brusquedad—. Entonces yo estaba en Edimburgo.

—¿Eso es todo lo que tienen que decir?

De nuevo reinó el silencio. Trotter exhaló un suspiro de desesperación.

—Si uno de usted es asesinado —les dijo—, no culpen a nadie, sino a ustedes mismos.

Y dando media vuelta abandonó la biblioteca.

Capítulo V

—Amigos míos —exclamó Christopher—. ¡Qué *melodramático*! —agregó—: Es muy apuesto, ¿no les parece? Yo admiro a los policías. Tan enérgicos y decididos. Este asunto es muy emocionante. *Tres Ratones Ciegos.* ¿Cómo dice la canción?

Silbó la tonadilla por lo bajo y Molly exclamó involuntariamente:

—¡Oh, no!

Él girando en redondo, se echó a reír.

—Pero, querida —le dijo—, es la tonadilla de mi *firma*. Nunca me habían tomado por un asesino y me voy a divertir mucho.

—¡Tonterías! —le dijo mistress Boyle—. No creo una palabra de todo esto.

En los ojos de Christopher brillaba una lucecita traviesa.

—Pero aguarde, mistress Boyle —bajó la voz—, hasta que yo me deslice por detrás de usted y apriete mis manos alrededor de su garganta...

Molly retrocedió involuntariamente y Giles dijo enojado:

—Está usted asustando a mi esposa, Wren, y de todas formas es una broma muy pesada.

—No es cosa de broma —dijo Metcalf.

—¡Oh, pues claro que sí! —repuso Christopher—. Esto es precisamente... la broma de un loco. Por eso resulta tan fúnebre.

Miró a su alrededor y volvió a echarse a reír.

—¡Si pudieran ver las caras que ponen!

Y, dando media vuelta, abandonó la habitación.

2

Mistress Boyle fue la primera en recobrarse.

—Es un joven neurótico y muy mal educado —dijo.

—Me contó que estuvo enterrado cuarenta y ocho horas durante un ataque aéreo —explicó el mayor Metcalf—. Me atrevo a asegurar que eso explica muchas cosas.

—La gente siempre encuentra excusas para dejarse llevar de

los nervios —dijo mistress Boyle con acritud—. Estoy segura que durante la guerra yo pasé tanto como cualquier otro y *mis* nervios están perfectamente.

—Tal vez esto tenga que ver con usted, mistress Boyle —exclamó Metcalf.

—¿Cómo dice?

El mayor Metcalf se expresó tranquilamente:

—Creo que en 1940 estaba usted en la Oficina de Alojamiento de este distrito, mistress Boyle. —Miró a Molly, que inclinó la cabeza en señal de asentimiento—. Es así, ¿no es verdad?

El rostro de mistress Boyle se puso rojo de ira.

—¿Y qué? —desafió con la voz y la mirada.

—*Usted* fue la que envió a los tres niños a Longridge Farm.

—La verdad, mayor Metcalf, no veo por qué he de ser responsable de lo ocurrido. Los granjeros parecían buena gente y se mostraban deseosos de alojar a los niños. No creo que puedan culparme en este sentido... o que yo sea responsable.

Su acento se quebró.

Giles intervino, preocupado.

—¿Por qué no se lo dijo al sargento Trotter?

—Esto no le importa a la policía —replicó mistress Boyle—. Puedo cuidar de mí misma.

—Será mejor que vigile con mucha atención —dijo el mayor Metcalf sin alterarse, y él también salió apresuradamente de la estancia.

—Claro —murmuró Molly—, usted estaba en la Oficina de Alojamiento... Recuerdo...

—Molly, ¿tú lo sabías? —Giles la miraba fijamente.

—Usted vivía en la gran casa que luego incautaron, ¿no es verdad?

—La requisaron —precisó mistress Boyle—; y la arruinaron por completo —agregó con amargura—. Está *devastada*. Fue una iniquidad.

Y entonces míster Paravicini comenzó a reír. Echó la cabeza hacia atrás, riendo sin el menor disimulo.

—Perdónenme —consiguió decir—; pero es que todo esto resulta muy divertido. Me estoy divirtiendo... sí, me estoy divirtiendo mucho.

En aquel momento entraba en la habitación el sargento Trotter y dirigió una mirada de censura a míster Paravicini.

—Celebro que todos se encuentren tan divertidos —dijo, molesto.

—Le ruego que disculpe, querido inspector, y le pido perdón. Estoy estropeando el efecto de sus graves advertencias.

El sargento Trotter se encogió de hombros.

—Hice cuanto pude por aclarar la situación —dijo—. No soy inspector, sino sólo sargento. Por favor, mistress Davis, quisiera hablar por teléfono.

—Perdónenme —repitió Paravicini—. Ya me voy.

Y abandonó la biblioteca con su andar firme y airoso, que ya llamara la atención de Molly.

—Es un tipo extraño —dijo Giles.

—Podría ser un criminal —repuso Trotter—. No me fiaría ni un pelo de él.

—¡Oh! —exclamó Molly—. ¿Usted cree que *él*...? Pero si es demasiado viejo... ¿O no lo es? Se maquilla... bastante, y su andar es seguro. Tal vez pretenda *parecer* viejo. Sargento Trotter, ¿usted cree...?

El sargento Trotter le dirigió una severa mirada.

—No iremos a ninguna parte con teorías inútiles, mistress Davis. —Se acercó al teléfono—. Ahora debo informar al inspector Hogben.

—No podrá comunicarse —le advirtió Molly—. No funciona.

—¿Qué? —Trotter giró en redondo.

Y la alarma de su acento les impresionó.

—¿No funciona? ¿Desde cuándo?

—El mayor Metcalf intentó hablar antes de que usted llegara.

—Pero antes funcionaba perfectamente. ¿No recibió el mensaje del inspector Hogben?

—Sí. Supongo... que desde la diez... la línea se habrá cortado... por la nieve.

El rostro de Trotter se ensombreció.

—Me pregunto —dijo— si pueden haberla cortado.

Molly sobresaltóse.

—¿Usted lo cree así?

—Voy a asegurarme.

Y abandonó a toda prisa la estancia. Giles vaciló unos instantes y al fin salió tras él.

Molly exclamó:

—¡Cielo santo! Casi es la hora de comer. Debo darme prisa... o no tendremos nada que llevarnos a la boca.

Y cuando salía de la biblioteca mistress Boyle murmuró:

—¡Qué chiquilla más incompetente! Y qué casa ésta. *No* pagaré siete guineas por *esta* clase de cosas.

El sargento Trotter, inclinado, repasaba los cables telefónicos y preguntó a Giles:

—¿Hay algún aparato supletorio?

—Sí, arriba, en nuestro dormitorio. ¿Quiere que vaya a mirar allí?

—Sí, haga el favor.

Trotter abrió la ventana e inclinóse hacia el exterior, barriendo la nieve del alféizar.

Giles corrió escalera arriba.

4

Míster Paravicini se hallaba en el salón. Dirigióse al piano de cola y lo abrió. Una vez hubo tomado asiento en el taburete, comenzó a tocar suavemente con un dedo.

> *Tres Ratones Ciegos*
> *Ved cómo corren...*

5

Christopher Wren estaba en su habitación, y yendo de un lado a otro silbaba suavemente...

De pronto su silbido cesó. Sentóse en el borde de la cama y escondiendo el rostro entre las manos comenzó a sollozar... murmurando infantilmente:

—No puedo continuar...

Luego su expresión cambió, y poniéndose en pie enderezó los hombros.

—Tengo que continuar —dijo—. Tengo que acabar con ello.

6

Giles permanecía junto al teléfono de su dormitorio, que también era el de Molly. Inclinóse para recoger algo semioculto entre el tapete del tocador: era un guante de su esposa, y al levantarlo de su interior cayó un billete de autobús, color rosa... Giles contempló su trayectoria hasta el suelo, mientras cambiaba la expresión de su rostro.

Podían haberle tomado por otro hombre cuando se dirigió a la puerta como un sonámbulo, y una vez la hubo abierto permaneció unos instantes contemplando el pasillo en dirección al rellano de la escalera.

7

Molly terminó de pelar las patatas y las echó en una olla que colocó sobre el fogón. Miró dentro del horno. Todo estaba dispuesto, según su plan.

Encima de la mesa de la cocina yacía el ejemplar de dos días atrás, el *Evening Standard*. Frunció el ceño al verlo. Si consiguiera *recordar*...

De pronto se llevó las manos a los ojos.

—¡Oh, no! —exclamó—. ¡Oh, no...!

Bajó lentamente sus manos contemplando la cocina como si fuera un lugar extraño... y no tan cálida, cómoda y espaciosa, con el sabroso aroma de los guisos.

—¡Oh, *no*! —repitió casi sin aliento.

Y también con el andar lento de una sonámbula dirigióse a la puerta que daba al vestíbulo. La abrió. La casa estaba en silencio... sólo se oía un ligero silbido...

Aquella canción...

Molly se estremeció volviendo a la cocina para echar otro vistazo. Sí, todo estaba en orden y en marcha.

Una vez más fue hacia la puerta...

8

El mayor Metcalf bajó lentamente la escalera. Aguardó unos instantes en el vestíbulo, luego abrió el gran armario situado debajo de la escalera y se metió dentro.

Todo estaba tranquilo. No se veía a nadie. Era una buena ocasión para llevar a cabo lo que se había propuesto hacer...

9

En la biblioteca mistress Boyle conectó la radio. Estaba todavía enfadada.

La primera emisora que sintonizó estaba lanzando al éter una charla sobre el significado y origen de las melodías infantiles. Lo último que esperaba oír. Giró el cuadrante con impaciencia y una pastosa voz le informó:

—La psicología del miedo debe ser comprendida. Supongamos que usted se halla solo en una habitación y se abre una puerta en silencio a su espalda...

Y la puerta se abrió. Mistress Boyle experimentó un violento sobresalto:

—¡Oh, es usted! —dijo, aliviada—. ¡Qué programas más estúpidos! ¡No consigo en modo alguno encontrar nada digno de oírse!

—Yo no me preocuparía por eso, mistress Boyle.

—¿Y qué otra cosa puedo hacer si no es escuchar la radio? —preguntó—. Encerrada en esta casa con un posible asesino... Aunque no es que me crea *esa* melodramática historia ni por un momento...

—¿No, mistress Boyle?

—Pues... ¿qué quiere decir...?

El cinturón de un impermeable se arrolló tan rápidamente en torno a su cuello que apenas pudo comprender lo que le ocurría.

El tono de la radio fue elevado hasta el máximo. El conferenciante sobre la psicología del miedo siguió lanzando sus opiniones por las habitaciones, ahogando los sonidos entrecortados producidos por mistress Boyle en su agonía.

Que no hizo mucho ruido.

El asesino era muy experto.

Capítulo VI

Estaban todos reunidos en la cocina. Sobre el fogón de gas la olla de patatas hervía alegremente. El sabroso aroma del asado que salía del horno era más fuerte que nunca.

Cuatro seres asustados se miraron unos a otros: el quinto, Molly, pálida y temblorosa, sorbía un vaso de whisky, que el sexto, el sargento Trotter, le había obligado a beber.

El propio sargento Trotter, con su rostro grave y contrariado, contemplaba a los reunidos. Había transcurrido sólo quince minutos desde que los terribles gritos de Molly les atrajera a todos a la biblioteca.

—Acababa de ser asesinada cuando usted llegó junto a ella, mistress Davis —le dijo—. ¿Está segura de no haber visto u oído nada cuando cruzó el vestíbulo?

—Oí silbar —dijo Molly con voz débil—, pero eso fue antes. Creo... no estoy segura... creo haber oído cerrar una puerta... precisamente cuando yo... cuando yo... entraba en la biblioteca.

—¿Qué puerta?

—No lo sé.

—Piense, mistress Davis... trate de *recordar*... ¿arriba..., abajo, a la derecha o a la izquierda...?

—No lo sé, ya se lo he dicho —exclamó Molly—. Ni siquiera estoy segura de haber oído algo.

—¿Es que no puede dejar de acosarla? —dijo Giles, furioso—. ¿No ve que está nerviosa?

—Estoy investigando un crimen, míster Davis... Le ruego me perdone, *comandante* Davis.

—No utilizo mi título de la guerra en ninguna ocasión, sargento.

—Perfectamente, señor. —Trotter hizo una pausa, como si hubiera tocado un punto delicado—. Como iba diciendo, estoy investigando un crimen. Hasta ahora nadie ha tomado este asunto en serio. Mistress Boyle tampoco. No quiso darme cierta información. Todos ustedes han hecho lo mismo. Bien, mistress Boyle ha muerto y, a menos que lleguemos al fondo de todo esto... y pronto, puede que haya otra muerte.

—¿Otra? ¡Tonterías! ¿Por qué?

—Porque... —repuso el sargento Trotter con voz grave— eran tres ratoncitos ciegos...

—¿Una muerte por cada uno? —preguntó Giles, extrañado—. Pero tendría que existir alguna relación... quiero decir, otra relación con aquel caso.

—Sí, tiene que haberla.

—Pero, ¿por qué ha de haber otro crimen *aquí*?

—Porque sólo había dos direcciones en el librito de notas. Había sólo una posible víctima en la calle Culver, 74. Ya ha muerto. Pero en Monkswell Manor hay un campo más amplio.

—Tonterías, Trotter. Sería una coincidencia casi improbable que se hubieran reunido aquí por azar dos personas relacionadas con el caso de Longridge Farm.

—Dadas ciertas circunstancias, no sería mucha casualidad. Piénselo, míster Davis.

Se volvió hacia los otros.

—Ya tengo sus declaraciones de dónde estaba cada uno de ustedes cuando mistress Boyle fue asesinada. Voy a repasarlas. ¿Usted, míster Wren, estaba en su habitación cuando oyó gritar a mistress Davis?

—Sí, sargento.

—Míster Davis, ¿Usted se encontraba en su dormitorio examinando el teléfono supletorio que hay allí?

—Sí —repuso Giles.

—Míster Paravicini se hallaba en el salón tocando el piano. A propósito, ¿nadie le oyó, míster Paravicini?

—Tocaba muy lento, muy lento, sargento, y sólo con un dedo.

—¿Qué es lo que tocaba?

—*Tres Ratones Ciegos,* sargento. —Sonrió—. Lo mismo que míster Wren silbaba en el piso de arriba. La tonadilla que todos llevamos metida en la cabeza.

—Es una canción horrible —dijo Molly.

—¿Y qué me dice del cable telefónico? —quiso saber Metcalf—. ¿Lo habían cortado intencionadamente?

—Sí, mayor Metcalf. Precisamente junto a la ventana del comedor... acababa de localizar la avería cuando gritó mistress Davis.

—¡Pero eso es una locura! ¿Cómo espera el criminal poder salir con bien de todo esto? —preguntó Christopher con voz estridente.

El sargento le contempló fijamente unos instantes.

—Tal vez eso no le preocupe mucho —dijo—. O es posible que se crea demasiado listo para nosotros. Los asesinos son así. Nosotros tenemos un curso de psicología en nuestro aprendizaje. La mentalidad de un esquizofrénico es muy interesante.

—¿No podríamos suprimir las palabras innecesarias? —preguntó Giles.

—Desde luego, míster Davis. Sólo hay dos de ellas que nos interesan de momento. Una es *asesinato* y la otra *peligro*. Nos hemos de concentrar en esas palabras. Ahora, mayor Metcalf, permítame que aclare sus movimientos. Dice que estaba usted en el sótano..., ¿Por qué?

—Echando un vistazo —repuso el mayor—. Miré en el interior de ese armario que hay debajo de la escalera y entonces vi una puerta, la abrí, había un tramo de escalones y los bajé. Tiene usted un sótano muy bonito —dijo dirigiéndose a Giles—. Parece la bien conservada cripta de un viejo monasterio.

—No se trata de buscar antigüedades, mayor Metcalf. Estamos investigando un crimen. ¿Quiere escuchar un momento, mistress Davis? Dejaré abierta la puerta de la cocina. —Y salió. Oyóse cerrar una puerta con cuidado—. ¿Es eso lo que oyó usted, mistress Davis? —preguntó al reaparecer.

—Yo... creo que fue algo así.

—Era la puerta del armario de debajo de la escalera. Podría ser que el asesino, tras matar a mistress Boyle; se retirara por el recibidor, y al oírla salir de la cocina se refugiara en este armario y cerrara la puerta.

—En ese caso estarán sus huellas en el interior del armario —exclamó Christopher.

—Y también las mías —dijo el mayor Metcalf.

—Cierto —repuso el sargento Trotter—. Pero nos ha dado una explicación satisfactoria, ¿no es verdad? —agregó en tono más bajo.

—Escuche, sargento —intervino Giles—, admito que usted es el encargado de aclarar este asunto, pero ésta es mi casa, y en cierto modo me siento responsable de las personas que se hospedan aquí. ¿No podríamos tomar ciertas medidas de precaución?

—¿Tales como...? Diga, diga usted, míster Davis.

—Bien, para ser franco, habría que arrestar a la persona que aparece como principal sospechoso.

Y Giles miró fijamente a Wren.

Wren adelantóse, exclamando con voz aguda:

—¡No es verdad! ¡No es verdad! Todos están contra mí... Todo el mundo está siempre contra mí. Ahora ustedes quieren echarme la culpa. Es una persecución... una persecución...

—Cálmese, muchacho —le dijo el mayor Metcalf.

—Tranquilícese, Chris. —Molly acercóse a él—. Nadie está en contra suya. Dígale que no hay nada de eso, sargento.

—Nosotros no echamos la culpa a nadie —repuso el sargento Trotter.

—Dígale que no va a arrestarle.

—No voy a arrestar a nadie. Para hacerlo necesito pruebas. Y no las hay... por ahora.

—Creo que te has vuelto loca, Molly —exclamó Giles—, y usted también sargento. Hay una sola persona que reúne las características del asesino y...

—Aguarda, Giles, espera —interrumpió su esposa—. ¡Oh, cálmate! Sargento Trotter..., ¿puedo... puedo hablar un momento con usted?

—Yo me quedo —dijo Giles.

—No, vete, por favor.

El rostro de Giles estaba sombrío y presagiaba tormenta cuando habló.

—No sé lo que te ha pasado, Molly.

Y siguió a los otros fuera de la habitación.

—Diga usted, mistress Davis, ¿qué es ello?

—Sargento Trotter, cuando usted nos habló del caso de Longridge Farm, nos dio a entender que debía ser el hermano mayor el... responsable de todo esto. Pero no lo sabe con certeza, ¿verdad?

—Así es, mistress Davis. Pero la mayoría de posibilidades, se inclinaban hacia ese lado..., desequilibrio mental, deserción del Ejército... ése fue el informe del psiquiatra.

—Oh, ya, y por consiguiente todo parecía indicar a Christopher. Yo no creo que haya sido *él*. Debe de haber otras... posibilidades. ¿Es que aquellos niños no tenían familia... padres, por ejemplo?

—Sí. La madre había muerto, pero el padre estaba sirviendo en el extranjero.

—Bueno. ¿Y qué hay de él? ¿Dónde *se encuentra* ahora?

—No tenemos informes. Obtuvo los documentos de desmovilización el año pasado.

—Y si el hijo era un desequilibrado mental, el padre también pudo serlo.

—Es posible.

—De modo que el asesino pudiera ser de mediana edad, o más bien viejo. Recuerdo que el mayor Metcalf se asustó mucho cuando le dije que había telefoneado la policía. Y realmente estaba atemorizado.

—Créame, por favor, mistress Davis —dijo el sargento Trotter con calma—. No he dejado de considerar todas las posibilidades desde el principio. El joven Jim... el padre, e incluso la hermana. Podría haber sido una mujer, ¿sabe? No he pasado nada por alto. Puedo estar seguro en mi interior..., pero no lo *sé*... todavía. Es muy difícil conocer todo lo referente a los demás... sobre todo en estos tiempos. Le sorprendería lo que se ve en el Departamento de Policía. Principalmente en matrimonios. Bodas rápidas... casamientos de guerra... Sin explicar el pasado... Sin hablar de familia, ni amistades. La gente acepta la palabra de un desconocido como artículo de fe. Si un individuo dice que es piloto de aviación, o mayor del ejército... la chica le cree a pies juntillas... y algunas veces tarda uno o dos años en descubrir que es un empleado de banco que se ha fugado y que tiene esposa e hijos... o que es un desertor del ejército... o peor.

Hizo una pausa y continuó:

—Sé perfectamente lo que está pensando, mistress Davis. Sólo quiero decirle una cosa. *El asesino se está divirtiendo.* Eso es de lo único que estoy seguro.

Y se dirigió hacia la puerta.

3

Molly quedóse inmóvil mientras sentía arder sus mejillas. Al cabo de unos instantes avanzó lentamente hacia el fogón y se arrodilló para ir a abrir la puerta del horno. El aroma sabroso y familiar alegró su ánimo. Era como si de pronto volviera a encontrarse en el mundo amable de la rutina cotidiana. Guisar... cuidar de la casa... la vida ordinaria y prosaica...

Desde tiempo inmemorial las mujeres han preparado los alimentos para los hombres. El mundo de peligros... y locuras se desvaneció. La mujer, en su cocina, se encuentra a salvo... completamente a salvo.

Abrióse la puerta. Molly volvió la cabeza, y vio entrar a Christopher Wren casi sin aliento.

—¡Cielos! —exclamó Christopher—. ¡Qué desorden! ¡Alguien ha robado los esquíes del sargento!

—¿Los esquíes del sargento? Pero ¿quién ha podido ser?...

—La verdad es que no puedo imaginarlo... quiero decir, que si el sargento decidía marcharse y dejarnos, supongo que el asesino debiera sentirse satisfecho. En fin, que no tiene *sentido*, ¿no le parece?

—Giles los puso en el armario de debajo de la escalera.

—Bueno, pues ya no están allí. Es algo extraño, ¿verdad?

Rió alegremente.

—El sargento está furioso... Y culpa al pobre mayor Metcalf..., que sostiene que no se fijó si estaban o no cuando miró dentro del armario justamente antes de que mataran a mistress Boyle. Trotter dice que debió haberlo notado forzosamente. —Christopher bajó la voz—. Si quiere saber mi opinión, creo que este asunto está empezando a desmoralizar a Trotter.

—Nos está desmoralizando a todos nosotros —replicó Molly.

—A mí no. Lo encuentro estimulante. ¡Es tan deliciosamente irreal!...

—No diría eso... si hubiera sido usted quien la hubiese encontrado. Me refiero a mistress Boyle. Sigo recordándola... No consigo olvidarlo... Su rostro... hinchado y cárdeno...

Se estremeció. Christopher acercóse a ella y le puso una mano sobre el hombro.

—Lo sé. Soy un estúpido. Lo siento. No quise entristecerla.

Un sollozo ahogóse en la garganta de Molly.

—Hace unos momentos todo parecía como antes... esta cocina... el preparar la comida... —Habló de un modo confuso e incoherente—. Y, de pronto, todo... volvió de nuevo... como una pesadilla.

Había una curiosa expresión en el rostro de Christopher Wren mientras contemplaba con marcada atención a la joven.

—Ya comprendo —le dijo—. Bueno, será mejor que me vaya... y no la entretenga.

Cuando Christopher tenía ya la mano en el pomo de la puerta, la joven exclamó:

—¡No se marche!

Él se volvió, mirándola interrogadoramente, y regresó a su lado despacio.

—¿Lo ha dicho de veras?

—¿El qué?

—Que no quiere que me marche.

—Sí, ya se lo he dicho. No quiero estar sola. Tengo miedo de quedarme sola.

Christopher sentóse junto a la mesa. Molly abrió el horno y cambió de estante el pastel de carne.

—Eso es muy interesante —dijo Christopher en voz baja.

—¿El qué?

—El que no tema quedarse a solas… conmigo. No tiene miedo, ¿verdad?

Molly movió la cabeza.

—No, no tengo miedo.

—¿Por qué no tiene miedo, Molly?

—No lo sé… yo no…

—Y, no obstante, soy la única persona que reúne las características del asesino.

—No —repuso Molly—. Existen otras… posibilidades. He estado hablando de ello hace unos momentos con el sargento Trotter.

—¿Y está de acuerdo?

—Por lo menos no está en desacuerdo —dijo la joven despacio.

Ciertas palabras volvían a martillear su cerebro. Especialmente la última frase: «*Sé perfectamente lo que está pensando, mistress Davis.*» Pero, ¿lo sabía? ¿Era posible que lo supiera? También dijo que el asesino estaba disfrutando… ¿Era cierto?

Y preguntó a Christopher:

—Usted no se está divirtiendo precisamente, ¿verdad? A pesar de lo que acaba de decirme.

—¡Cielos, no! —repuso Christopher mirándola, sorprendido—. ¡Qué cosas tan chocantes se le ocurren!

—Oh, no es cosa mía, sino del sargento Trotter. ¡Le odio! Me ha metido cosas en la cabeza… cosas que no son verdad… que no pueden ser verdad.

Se cubrió el rostro con las manos, pero Christopher se las apartó suavemente.

—Escucha, Molly, ¿qué es todo esto?

Ella dejó que la sentara en una silla junto a la mesa de la cocina. Los modales de Christopher ya no eran ni morbosos ni infantiles.

—¿Qué te pasa, Molly? —le dijo.

La joven le miró largamente.

—¿Cuánto tiempo hace que te conozco, Christopher? ¿Dos días?

—Poco más o menos. Estás pensando que para hacer tan poco tiempo nos conocemos bastante bien.

—Sí... es extraño, ¿verdad?

—Oh, no lo sé... Existe una corriente de simpatía entre nosotros. Posiblemente porque ambos... hemos luchado contra ella.

No era pregunta, sino afirmación, y Molly la pasó por alto. Preguntó en voz muy baja:

—Tu nombre verdadero no es Christopher Wren, ¿verdad?

—No.

—¿Por qué...?

—¿Por qué he escogido ése? Oh, me pareció bastante ingenioso. En el colegio solían burlarse de mí llamándome Christopher Robin. Robin... Wren... me figuro que fue por asociación de ideas.

—¿Cuál es, pues, tu verdadero nombre?

Christopher repuso con voz tranquila:

—No creo que te interese... No significaría nada para ti... No soy arquitecto. En la actualidad soy un desertor del ejército.

Por un momento en los ojos de Molly brilló un relámpago de alarma.

Christopher lo comprendió así.

—Sí —continuo—. Igual que nuestro asesino desconocido. Ya te dije que yo era el único que coincidía con su descripción.

—No seas tonto —replicó Molly—. No he creído nunca que fueses el asesino. Continúa... háblame de ti... ¿Qué impulsos fueron los que te hicieron desertar?... ¿Los nervios?

—¿Te refieres a si sentí miedo? No. Por extraño que parezca, no estaba asustado... es decir... no más asustado que los otros. Gozaba fama de tener mucho temple ante el enemigo. No; fue algo bien diferente. Fue por... por mi madre.

—¿Tu madre?

—Sí... verás; murió durante un ataque aéreo. Quedó sepultada. Tenían que desenterrarla. No sé lo que se apoderó de mí cuando me enteré... supongo que estaba un poco loco. Pensé... que me había ocurrido a mí... Sentí que debía regresar a casa en seguida... y sacarla yo mismo... No puedo explicarlo... fue todo tan confuso... —Ocultó el rostro entre las manos y siguió con voz ahogada—: Anduve de un lado a otro durante mucho tiempo, buscándola a ella... o a mí mismo... no sé. Y luego, cuando mi mente se aclaró, tuve miedo de regresar... sabía que nunca conseguiría explicarlo... y desde entonces... soy absolutamente nadie.

Quedó mirándola con el rostro contraído por la desesperación.

—No debes pensar así —le dijo Molly—. Puedes volver a empezar.

—¿Es que acaso es posible?

—Pues claro… eres muy joven.

—Sí, pero ya ves… he llegado al fin.

—No —insistió la joven—. No has llegado al fin, sólo lo piensas. Yo creo que todo el mundo siente esa sensación una vez en la vida por lo menos… que ha llegado su fin y que no puede continuar.

—Tú la has tenido, ¿verdad, Molly? Debe ser así, pues de otro modo es de suponer que no hablarías como lo haces.

—Sí.

—¿Qué te pasó a ti?

—Pues lo que a mucha gente. Estaba prometida a un piloto de aviación… y lo mataron.

—¿No hubo nada más que eso?

—Supongo que hay algo más. Sufrí un rudo golpe cuando era niña… y me predispuso a pensar que todo en la vida era… horrible. Cuando murió Jack se confirmó mi creencia, profundamente arraigada, de que todo era cruel y traicionero…

—Comprendo… Y luego, supongo —dijo Christopher sin dejar de mirar con gran fijeza y observarla —que apareció Giles.

—Sí —Christopher vio la sonrisa tierna, casi tímida, que temblaba en sus labios—. Llegó Giles… y volví a sentirme feliz y segura… ¡Giles!

La sonrisa desapareció de sus labios. Se estremeció como si tuviera frío.

—¿Qué te ocurre, Molly? ¿Qué es lo que temes? Porque estás asustada, ¿no es así?

La joven asintió con la cabeza.

—¿Y es algo referente a Giles? ¿Algo que ha dicho o hecho?

—No es Giles, en realidad, sino ese hombre horrible.

—¿Qué hombre horrible? —Christopher estaba sorprendido—. ¿Paravicini?

—No, no; el sargento Trotter.

—¿El sargento Trotter?

—Sugiriendo cosas… cosas ocultas… provocándome terribles dudas acerca de Giles… pensamientos que nunca cruzaron por mi mente. ¡Oh, le odio… le odio!

Christopher alzó las cejas sorprendido.

—¿Giles? ¡Giles! Sí, claro, él y yo somos de la misma edad. A mí me parece mucho mayor, pero me figuro que no debe serlo.

Sí, Giles también coincide con las características del asesino. Pero escucha, Molly, todo esto es una tontería. Giles estaba aquí contigo el día que esa mujer fue asesinada en Londres.

Molly no contestó. Christopher la miraba extrañado.

—¿No estaba aquí?

Molly habló sin aliento. Sus palabras fueron un susurro incoherente.

—Estuvo fuera todo el día... con el coche... fue al otro extremo de la comarca para comprar una alambrada que vendían allí... por lo menos eso fue lo que dijo... y es lo que pensaba... hasta... hasta...

—¿Hasta qué?

Lentamente Molly alargó la mano para señalar la fecha del ejemplar del *Evening Standard* que cubría parte del tablero de la mesa de la cocina.

Christopher miró y dijo:

—Es la edición de Londres de hace dos días.

—Estaba en el bolsillo del gabán de Giles cuando regresó. Debió... debió haber estado en Londres.

Christopher se extrañó. Miró de nuevo el periódico y luego a Molly, y frunciendo los labios comenzó a silbar aunque se interrumpió de pronto. No quería silbar aquella tonadilla precisamente en aquellos momentos, y escogiendo sus palabras con sumo cuidado y evitando mirar a Molly a los ojos, dijo:

—¿Qué es lo que sabes de... Giles?

—¡No! —exclamó la joven—. ¡No! Eso es lo que ese Trotter dijo... o insinuó. Que las mujeres solemos ignorarlo todo del hombre con quien nos casamos... especialmente en tiempo de guerra. Que aceptamos siempre... todo lo que nos cuentan...

—Supongo que eso es cierto.

—¡No digas eso tú también! No puedo soportarlo. Es porque estamos todos trastornados. Creemos... creemos que cualquier suposición fantástica... ¡No es cierto! Yo...

Se detuvo sin terminar la frase. La puerta de la cocina acababa de abrirse.

Entró Giles con expresión sombría.

—¿Les he interrumpido? —preguntó.

—Christopher se apartó de la mesa.

—Estoy tomando unas cuantas lecciones de cocina —dijo.

—¿De veras? Escuche, Wren; los *tête-à-tête* no son prudentes en los momentos presentes, No se acerque más a la cocina, ¿me ha oído?

—¡Oh!, pero seguramente…

—No se acerque a mi esposa, Wren. Ella no va a ser la próxima víctima.

—Eso —atajó Christopher— es precisamente lo que me preocupa.

Si hubo intención en sus palabras, Giles pareció no darse cuenta.

—Soy yo quien debo vigilar aquí. Sé cuidar de mi propia esposa. ¡Fuera!

Molly dijo con voz clara:

—Por favor, vete, Christopher. Sí…, márchate.

El muchacho dirigióse hacia la puerta sin prisa.

—No me iré muy lejos. —Sus palabras iban dirigidas a Molly y tenían un significado definitivo.

—¿Quiere marcharse de una vez?

Christopher soltó una risita infantil.

—Ya me voy, comandante.

La puerta cerróse tras él y Giles se volvió para enfrentarse con su mujer.

—¡Por amor de Dios, Molly! ¿Es que te has vuelto loca? ¡Estar aquí encerrada y tan tranquila con un peligroso maniático homicida!

—No es él… —Cambió la frase comenzada—. No es peligroso. De todas maneras estoy prevenida… y puedo cuidar de mí misma.

Giles rió de mala gana.

—También podía mistress Boyle.

—¡Oh, Giles! ¡No!

—Lo siento, querida, pero ya estoy harto. ¡Ese condenado muchacho! No comprendo qué es lo que ves en él.

Molly repuso despacio:

—Me da lástima.

—¿Te compadeces de un lunático homicida?

Molly le dirigió una mirada indescifrable.

—Puedo sentir compasión de un lunático homicida —repuso.

—Y también llamarle Christopher. ¿Desde cuándo os tuteáis?

—¡Oh, Giles! No seas ridículo. Hoy en día todo el mundo se tutea. Tú lo sabes.

—¿A los dos días de conocerse? Pero tal vez haya más que eso. Puede que conocieras a Christopher Wren, el extraño arquitecto, mucho antes de que viniera aquí. Es posible que fueras tú quien le sugiriera la idea de venir. ¿O es que lo planeasteis los dos?

—Giles, ¿te has vuelto loco? ¿Qué es lo que insinúas?

—Pues que Christopher Wren era un antiguo amigo tuyo y que estáis en bastante buenas relaciones... cosa que has procurado ocultarme.

—Giles, ¡debes estar loco!

—Supongo que insistirás en decir que no le habías visto nunca hasta el momento en que puso los pies en esta casa. Pero es bastante extraño que se le ocurriera venir a un lugar tan apartado como éste, ¿no te parece?

—Igual que se le ocurriera también al mayor Metcalf... y a mistress Boyle.

—Sí... yo creo que sí... He leído que esos maniáticos que hablan solos sienten una atracción especial hacia las mujeres. Y parece cierto. ¿Cómo le conociste? ¿Cuánto hace que dura esto?

—¡Eres absurdo, Giles! No había visto nunca a Christopher Wren hasta que vino aquí.

—¿No fuiste a Londres hace un par de días para poneros de acuerdo y encontraros aquí como si fueseis dos desconocidos?

—Giles, sabes perfectamente que no he estado en Londres desde hace algunas semanas.

—¿No? Esto es muy interesante. —Sacó el guante de su bolsillo y se lo tendió—. Éste es uno de los guantes que llevabas anteayer, ¿no es cierto? El día que yo fui a Sailham a comprar la alambrada.

—El día que tú fuiste a Sailham a comprar la alambrada —repitió Molly con firmeza—. Sí, llevaba esos guantes cuando salí.

—Dijiste que habías ido al pueblo. Si sólo fuiste hasta allí, mira qué es eso, ¿qué es lo que hace esto dentro del guante?

Y con un ademán acusador le enseñó el billete rosado del ómnibus.

Se produjo un silencio angustioso.

—Fuiste a Londres —insinuó Giles.

—Está bien —repuso Molly alzando la barbilla—. Fui a Londres.

—Para encontrarte con este tipo.

—No, no fui a eso.

—Entonces, ¿a qué fuiste?

—De momento no voy a decírtelo, Giles.

—Eso quiere decir que vas a tomarte tiempo para inventar una buena historia.

—Creo que... ¡te aborrezco!

—Yo no te odio... —repuso Giles despacio—. Pero casi quisiera odiarte... Me doy cuenta de que... no sé nada de ti... que no te conozco...

—Yo siento lo mismo —replicó Molly—. Eres... eres sólo un extraño. Un hombre que miente...

—¿Cuándo te he mentido?

Molly echóse a reír.

—¿Crees que me tragué la historia de que ibas a comprar esa alambrada?... Tú también estuviste en Londres aquel día.

—Supongo que debiste verme. Y no tuviste la suficiente confianza en mí...

—¿Confianza en ti? Nunca volveré a fiarme de nadie...

Ninguno de los dos había notado que se abría la puerta con sigilo. Míster Paravicini carraspeó desde el umbral.

—Es violento para mí —murmuró—; pero, ¿no creen que están diciendo peores cosas de lo que es su intención? Uno se acalora tanto en estas disputas de enamorados...

—Disputas de enamorados... —repitió Giles con sorna—. ¡Tiene gracia!

—Desde luego, desde luego —replicó Paravicini—. Sé lo que siente. Yo también pasé por ello cuando era joven. Pero lo que vine a decirles es que el inspector insiste en que vayamos todos al salón. Al parecer tiene una idea. —El señor Paravicini rió divertido—. Se oye decir con frecuencia... que la policía tiene una pista... eso sí, pero, ¿una idea? Lo dudo mucho. Nuestro sargento Trotter es un sargento entusiasta y concienzudo, mas no le creo superdotado intelectualmente.

—Ve tú, Giles —dijo Molly—. Yo tengo que vigilar la comida. El sargento Trotter puede pasarse sin mí.

—Hablando de comida —intervino míster Paravicini, acercándose a Molly—, ¿ha probado alguna vez higadillos de pollo servidos sobre pan tostado bien cubierto de *foie-gras* y una lonja de tocino muy delgada y untada de mostaza francesa?

—Oh, ahora apenas se encuentra *foie-gras* —repuso Giles—. Vamos, míster Paravicini.

—¿Quiere que me quede con usted y la ayude?

—Usted se viene conmigo al salón, Paravicini —le atajó Giles.

Paravicini rió por lo bajo.

—Su esposo teme por usted. Es muy natural. No se aviene a la idea de dejarla a solas conmigo... por temor a mis tendencias sádicas..., no a las deshonrosas. Tendré que obedecer a la fuerza.

E inclinándose graciosamente le besó las puntas de los dedos.

Molly dijo violentamente:

—¡Oh, míster Paravicini! Estoy segura...

—Es usted muy inteligente, joven —contestó a Giles sin hacer caso de Molly—. *No quiere correr ningún riesgo.* ¿Acaso puedo probarle... a usted, o al inspector... que no soy un maniático homicida? No, no puedo. Esas cosas son difíciles de probar.

Comenzó a tararear alegremente. Molly se exasperó.

—Por favor, míster Paravicini... no cante esa horrible canción.

—¿*Tres ratones ciegos?* ¿Conque era eso? Se me ha venido a la cabeza sin darme cuenta. Ahora que me fijo, es una tonadilla horrenda. No tiene nada de bonita, pero a los niños les gustan esas cosas. ¿Lo ha notado? Ese ritmo es muy inglés... el lado cruel y bucólico del pueblo inglés. *Les cortó el rabo con un trinchante.* Claro que a un niño no le gustaría eso... Podría contarles muchas cosas acerca de los pequeñuelos...

—No, por favor —dijo Molly con desmayo—. Creo que usted también es cruel. —Su voz adquirió un tono de histerismo—. Usted ríe... y sonríe... es como un gato jugando con un ratón... jugando...

Se echó a reír.

—¡Cálmate, Molly! —rogó Giles—. Ven, vamos todos al salón. Trotter debe estar impaciente. No importa la comida. Un crimen es algo mucho más importante.

—No estoy muy de acuerdo con usted —dijo Paravicini mientras les seguía con su andar saltarín—. Al condenado a muerte siempre se le sirve una opípara comida cuando está en capilla... Es lo que se hace siempre.

4

Christopher Wren se unió a ellos en el recibidor y Giles frunció el ceño. El joven dirigió una mirada ansiosa a Molly, pero ésta, con la cabeza muy alta, siguió andando sin mirarle.

Entraron casi en procesión por la puerta de la sala. Míster Paravicini cerraba la marcha con su andar saltarín.

El sargento Trotter y el mayor Metcalf les aguardaban en pie. El mayor presentaba un aspecto abatido y Trotter estaba sonrojado y nervioso.

—Muy bien —les dijo el sargento cuando entraron—. Quería verles a todos. Quiero poner en práctica cierto experimento... para lo cual necesito su cooperación.

—¿Tardará mucho rato? —quiso saber Molly—. Tengo bastante que hacer en la cocina. Después de todo, tenemos que comer a alguna hora.

—Sí —replicó Trotter—. Lo comprendo, mistress Davis, pero hay cosas más urgentes que la comida. Mistress Boyle, por ejemplo, ya no necesita comer.

—La verdad, sargento —intervino el mayor Metcalf—, me parece un modo muy crudo de comentar las cosas.

—Lo siento, mayor Metcalf, pero quiero que todos colaboren.

—¿Ha encontrado ya sus esquíes, sargento Trotter? —preguntó Molly.

El joven enrojeció.

—No, mistress Davis; pero puedo decir que tengo mis sospechas de quién los ha cogido, y sus motivos. No puedo decir más por el momento.

—No lo diga, por favor —suplicó Paravicini—. Siempre he pensado que las explicaciones deben dejarse para el final… Ya sabe, para ese excitante último capítulo.

—Esto no es un juego, señor.

—¿No? Ahora creo que se equivoca. Considero que esto es un juego… para alguien.

—El asesino se está divirtiendo —murmuró Molly en voz baja.

Todos la miraron sorprendidos.

—Sólo repito lo que me dijo el sargento Trotter.

El aludido no pareció muy satisfecho.

—No me parece bien que míster Paravicini hable del último capítulo como si se tratara de un misterio emocionante —dijo—. Esto es real… Algo que está sucediendo.

—Mientras no me suceda a mí… —dijo Christopher.

—Concretemos, señores —intervino el mayor Metcalf—. El sargento va a decirnos claramente el papel que debemos representar…

—Trotter aclaró su garganta. Su tono se volvió oficial.

—Hace poco me hicieron ustedes ciertas declaraciones relacionadas con sus respectivas posiciones en el momento en que tuvo lugar la muerte de mistress Boyle. Míster Wren y míster Davis se hallaban en sus dormitorios. Mistress Davis se hallaba en la cocina. El mayor Metcalf en el sótano, y míster Paravicini aquí, en esta habitación. Éstas son las declaraciones que hicieron ustedes. No tengo medio alguno de comprobarlas. Pueden ser verdad… o no serlo. Para hablar con claridad… cuatro de estas declaraciones son ciertas…, pero *una es falsa*. ¿Cuál?

Giles dijo con acritud:

—Nadie es infalible. Alguien puede haber mentido... por alguna otra razón.

—Lo dudo, míster Davis.

—¿Pero cuál es su idea? Acaba de confesar que no tiene medio de comprobar nuestras declaraciones.

—No, pero supongamos que todos tengan que realizar sus movimientos por segunda vez.

—¡Bah! —replicó el mayor Metcalf despectivamente—. Reconstruir el crimen. Valiente idea.

—No se trata de la reconstrucción del crimen, mayor Metcalf, sino de los movimientos de las personas en apariencia inocentes.

—¿Y qué espera conseguir con eso?

—Me perdonará si no se lo digo por el momento.

—¿Así que usted quiere repetir lo ocurrido? —preguntó Molly.

—Más o menos, mistress Davis.

Hubo un silencio... en cierto modo violento.

«Es una trampa —pensó Molly—. Es una trampa, pero no comprendo cómo...»

Podía haberse pensado que había cinco culpables en aquella habitación, en vez de uno y cuatro inocentes. Todos dirigían furtivas miradas al joven sonriente y seguro de sí que exponía su plan.

Christopher exclamó con voz aguda:

—Pero no comprendo... no puedo comprender... qué es lo que espera descubrir... con sólo hacer que repitamos lo que hicimos antes. ¡Me parece una tontería!

—¿Lo es, Wren?

—Naturalmente, haremos lo que usted diga, sargento —repuso Giles despacio—. Cooperaremos. ¿Debemos repetir exactamente lo que hicimos antes?

—Sí, deben repetir todos sus actos.

La ligera ambigüedad de su frase hizo que el mayor Metcalf le mirara inquisitivamente mientras el sargento Trotter proseguía:

—Míster Paravicini nos dijo que estaba sentado al piano tocando cierta tonadilla. Míster Paravicini, ¿sería tan amable de demostrarnos lo que hizo, con toda exactitud?

—Desde luego, mi querido sargento.

Paravicini dirigióse con su andar característico hasta el piano de cola y tomó asiento en el taburete.

—El maestro tocará la rúbrica musical de un asesino —anunció.

Sonriente y con ademanes exagerados fue tocando con un solo dedo la tonadilla de *Tres Ratones Ciegos*.

«Está disfrutando —pensó Molly—. *Se está divirtiendo...*»

En la amplia habitación las apagadas notas produjeron un efecto casi impresionante...

—Gracias, míster Paravicini —dijo el sargento Trotter—. ¿Debo creer que tocó esa canción de esta misma manera... en la ocasión anterior?

—Sí, sargento, exactamente así. La repetí tres veces.

El sargento Trotter volvióse hacia Molly.

—¿Toca usted el piano, mistress Davis?

—Sí, sargento Trotter.

—¿Podría interpretar esa melodía, tocándola exactamente como lo ha hecho míster Paravicini?

—Desde luego.

—Entonces póngase al piano y esté preparada para hacerlo cuando le dé la señal.

Molly pareció asustarse un tanto. Luego dirigióse lentamente hacia el piano.

—Volvemos a representar cada papel..., *pero no es necesario que lo hagan las mismas personas.*

—No... no le veo la punta —dijo Giles.

—Pues la tiene, míster Davis. Es un medio de comprobar las declaraciones originales... y me atrevo a decir que sobre todo una en particular. Ahora, por favor, voy a asignarles sus papeles. Mistress Davis se quedará aquí... al piano. Míster Wren, ¿quiere hacer el favor de ir a la cocina? Eche un vistazo a la comida. Míster Paravicini, ¿querrá subir a la habitación de míster Wren? Allí puede ejercitar sus talentos musicales. *Tres Ratones Ciegos,* como lo hizo él. Mayor Metcalf, vaya usted a la habitación de míster Davis y examine el teléfono. Y usted, míster Davis, ¿quiere mirar el interior del armario del recibidor y luego bajar al sótano?

Se produjo un embarazoso silencio. Luego los cuatro se dirigieron a la puerta perezosamente.

Trotter les siguió y volviéndose dijo por encima de su hombro:

—Cuente hasta cincuenta y luego empiece a tocar, mistress Davis.

Antes de que la puerta se cerrara tras él, la joven pudo oír la voz de míster Paravicini diciendo:

—Nunca hubiera creído que la policía fuera tan aficionada a los juegos de salón.

Cuarenta y ocho, cuarenta y nueve, cincuenta.

Molly, obediente se dispuso a tocar... Y de nuevo la cruel tonadilla encontró eco en el amplio salón...

Tres Ratones Ciegos...
Ved cómo corren...

Molly sintió que su corazón iba latiendo cada vez más de prisa. Como había dicho Paravicini era una melodía horrenda y obsesionante. Poseía toda la infantil incomprensión hacia la piedad, que resultaba tan terrorífica para los adultos.

Desde arriba y muy apagadas llegaban las notas de la misma tonadilla, que silbaba Paravicini representando el papel de Christopher Wren.

De pronto, en la habitación contigua comenzó a sonar la radio. El sargento Trotter debía haberla conectado... Entonces, era él quien representaba el papel de mistress Boyle...

Pero ¿por qué? ¿Qué iba a conseguir con todo aquello? ¿Dónde estaba la trampa? Porque la había... seguro, no cabía la menor duda.

Una corriente de aire frío le dio en la nuca. Molly volvióse, extrañada. ¿Es que se había abierto la puerta? ¿Habría entrado alguien en la habitación? No, el salón estaba vacío, más de pronto sintióse nerviosa... asustada. ¿Y si entraba alguien? Supongamos que míster Paravicini se acercara sigilosamente al piano y sus largos dedos apretaran y apretaran...

—¿*De modo que está tocando su propia marcha fúnebre, querida señora? ¡Feliz idea...!*

«Tonterías... no seas estúpida... no imagines cosas... Además, le estás oyendo silbar. Lo mismo que él debe oírte a ti.»

¡Casi apartó los dedos de las teclas al ocurrírsele que nadie había oído tocar a Paravicini! ¿Era aquélla la trampa? ¿Sería posible que no hubiera estado tocando? Entonces habría podido estar no en el salón, sino en la biblioteca... estrangulando a mistress Boyle.

Se había mostrado molesto, muy molesto, cuando Trotter le dijo a ella que tocara e insistió en asegurar lo calladamente que fue desgranando la melodía, dando a entender que tal vez no se oyera desde el exterior de la estancia. Y si esta vez la oía alguien… entonces, Trotter tendría lo que deseaba… *la persona que había mentido tan deliberadamente.*

Se abrió la puerta del salón, y Molly, que esperaba ver aparecer a Paravicini, casi lanzó un grito. Pero era sólo el sargento Trotter quien entró precisamente cuando tocaba la tonadilla por tercera vez.

—Gracias, mistress Davis —le dijo.

Parecía muy satisfecho de sí mismo, y sus gestos eran rápidos y seguros.

Molly apartó las manos del teclado.

—¿Ya tiene lo que buscaba? —le preguntó.

—¡Sí, desde luego! —Su voz sonaba triunfal—. Tengo exactamente lo que deseaba.

—¿Qué? ¿Quién ha sido?

—¿No se lo imagina, mistress Davis? Vamos… ahora ya no es tan difícil. A propósito, si me permite decirlo, ha sido usted muy tonta. Me ha dejado que ignorara quién iba a ser la tercera víctima y como resultado ha corrido usted un serio peligro.

—¿Yo? No sé lo que me quiere decir.

—Quiero decir que no ha sido sincera conmigo, mistress Davis. Usted me ha ocultado algo… lo mismo que hiciera mistress Boyle.

—Sigo sin comprender.

—Oh, claro que sí. Cuando yo mencioné el caso de Longridge Farm usted *lo conocía ya perfectamente*. Oh, sí, lo sabía y estaba preocupada. Y fue usted quien confirmó que mistress Boyle estuvo en la Oficina de Hospedaje en esta parte del país. Usted y ella vivieron en esta región. De modo que cuando yo empecé a preguntarme quién sería la tercera víctima probable, enseguida pensé en usted, que no quiso confesar de buenas a primeras que conocía el caso de Longridge Farm. Los policías no somos tan ciegos como parecemos.

Molly dijo en voz baja:

—Usted no me comprende. Yo no quería recordar.

—La comprendo muy bien. —Su voz adquirió otro tono—. Su nombre de soltera era Wainwright, ¿no es cierto?

—Sí.

—Y es usted algo mayor de lo que dice. En 1940 cuando ocurrió lo de Longridge Farm, usted era la maestra del colegio de Abbeyvale.

—¡No!

—¡Oh, sí, mistress Davis!

—Le digo que no era yo.

—El niño que murió se las compuso para enviarle una carta. Robó el sello. En la carta suplicaba ayuda... a su cariñosa maestra. Es obligación de la profesora averiguar por qué los alumnos no acuden a la escuela. Usted no lo hizo. Ni prestó atención a la carta de aquel pobre diablo.

—¡Basta! —A Molly le ardían las mejillas—. Está usted hablando de mi hermana. Ella era maestra, y no es que hiciera caso omiso de la carta. Estaba enferma... con pulmonía. No vio la carta hasta después de la muerte del niño. Eso la trastornó mucho... muchísimo... era muy sensible. Pero no tuvo la culpa. Y es por eso, por lo que lo tomé tan a pecho, nunca he podido soportar que me lo recordasen. Siempre ha sido como una pesadilla para mí.

Molly se cubrió el rostro con las manos. Cuando las apartó, Trotter la miraba fijamente:

—De modo que era su hermana... Bueno, después de todo... —Sus labios se curvaron en una extraña sonrisa—. Eso no importa mucho, ¿verdad? Su hermana... mi hermano...

Sacó algo de su bolsillo. Ahora sonreía satisfecho.

Molly miraba el objeto que el sargento tenía en la mano.

—¡Creí que la policía no usaba revólver! —exclamó.

—La policía, no... —repuso Trotter—. Pero, ¿sabe?, *yo no soy policía.* Soy Jim. El hermano de George. Usted pensó que era de la policía porque telefoneé desde el pueblo y le dije que iba a venir el sargento Trotter. Corté los cables telefónicos del exterior de la casa cuando llegué para que no pudiera volver a llamar al puesto de policía...

Molly vio que no dejaba de apuntarle con el revólver.

—No se mueva, mistress Davis... y no grite... o apretaré el gatillo en el acto.

Seguía sonriendo. Y Molly, horrorizada, comprendió que era una sonrisa infantil. Y su voz se iba volviendo la de un niño.

—Sí. Soy el hermano de George. George murió en Londridge Farm. Aquella mujer nos envió allí y la esposa del granjero fue cruel con nosotros y usted no quiso ayudarnos... a tres ratoncitos ciegos. Dije que la mataría cuando fuera mayor. No he pensado en otra cosa desde entonces.

Frunció el ceño.

—Se preocuparon mucho por mí en el ejército... aquel médico no cesaba de hacerme preguntas... Tuve que marcharme... Temía que me impidiera realizar mis proyectos. Pero ahora ya soy mayor. Y las personas mayores pueden hacer lo que les agrada.

Molly intentó recobrarse.

«Háblale —se dijo—. Distrae su mente.»

—Pero, Jim, escuche. Nunca conseguirá escapar.

Su rostro volvió a ensombrecerse.

—Alguien ha escondido mis esquíes. No consigo encontrarlos —rió—. Pero me atrevo a asegurar que todo irá bien. Es el revólver de su esposo. Lo cogí de su cajón. Así pensarán que fue él quien disparó contra usted. De todas formas... no me importa mucho. Ha sido todo tan divertido. ¡Imagínese! ¡La cara que puso aquella mujer de Londres cuando me reconoció! ¡Y esa estúpida de esta mañana?

Hasta ellos, con impresionante efecto, llegó un silbido. Alguien silbaba la tonadilla de *Tres Ratones Ciegos*.

Trotter se sobresaltó... mientras una voz gritaba:

—¡Al suelo, mistress Davis!

Molly dejóse caer en tanto que el mayor Metcalf, saliendo de detrás del sofá que había junto a la puerta, se abalanzaba sobre Trotter. El revólver se disparó... y la bala fue a incrustarse en una de las pinturas al óleo que tanto apreciaba la difunta mistress Emory.

Momentos después... se armó un barullo de mil demonios. Entró Giles seguido de Christopher y Paravicini.

El mayor Metcalf, que seguía sujetando a Trotter, habló con frases entrecortadas:

—Entré mientras usted estaba tocando... y me escondí detrás del sofá... He estado persiguiéndole desde el principio... es decir, sabía que no era agente de la policía. Yo soy policía... el inspector Tanner. Me puse de acuerdo con Metcalf para venir en su lugar. Scotland Yard consideró conveniente que vigiláramos este lugar. Ahora... muchacho —se dirigió amablemente al ahora dócil Trotter—, vas a venir conmigo... Nadie te hará daño. Estarás muy bien. Te cuidaremos...

—¿George no estará enfadado conmigo?

—No, George no estará enfadado —repuso Metcalf.

—Está loco de remate, ¡pobre diablo!

Salieron juntos. El señor Paravicini tocó a Christopher Wren en el brazo.

—Usted también va a venir conmigo —le dijo.

Giles y Molly, al quedarse solos, se miraron a los ojos... fundiéndose en un abrazo cariñoso.

—Querida, ¿estás segura de que no te ha hecho daño?

—No, no. Estoy perfectamente, Giles. Me he sentido tan confundida. Casi llegué a pensar que tú…, ¿por qué fuiste a Londres aquel día?

—Querida, quise comprarte un regalo para nuestro aniversario, que es mañana, y no quería que lo supieras.

—¡Qué casualidad! Yo también fui a Londres a comprarte un regalo sin que te enteraras.

—He estado terriblemente celoso de ese neurótico estúpido. Debo haber estado loco… perdóname, cariño.

Se abrió la puerta y entró Paravicini con su andar característico.

Llegaba resplandeciente.

—¿Interrumpo la reconciliación…? ¡Qué escena más encantadora…! Pero debo decirle *adieu*. Va a venir un *jeep* de la policía y he pedido que me lleven con ellos. —Inclinóse para susurrar al oído de Molly con misterio—: Es posible que encuentre algunas dificultades en un futuro próximo…, pero confío en poder arreglarlas, y si recibiera usted una caja… con un pavo… digamos, un pavo, algunas latas de *foie-gras,* un jamón… algunas medias de nylon…, ¿eh…? Bueno, sepa que se lo envío con mis mayores respetos a una damita tan encantadora. Mistress Davis, mi cheque está encima de la mesa del recibidor.

Y tras depositar un beso en la mano de Molly, salió por la puerta.

—¿Medias de nylon? —murmuró la joven—. ¿*Foie-gras*? ¿Quién es ese míster Paravicini? ¿Papá Noel?

—Me figuro que es un tipo que se dedica al mercado negro —repuso Giles.

Christopher Wren asomó la cabeza por la puerta.

—Amigos míos, espero no haberles molestado, pero en la cocina se huele terriblemente a quemado. ¿Puedo hacer algo?

Con un grito de angustia y exclamando «¡Mi pastel!», Molly salió corriendo de la estancia.

Una broma extraña

—Y ésta —dijo Jane Helier completando la presentación— es miss Marple.

Como era actriz, supo darle la entonación a la frase, una mezcla de respeto y triunfo.

Resultaba extraño que el objeto tan orgullosamente proclamado fuese una solterona de aspecto amable y remilgado. En los ojos de los dos jóvenes que acababan de trabar conocimiento con ella gracias a Jane, se leía incredulidad y una ligera decepción. Era una pareja muy atractiva; ella, Charmian Straud, esbelta y morena…; él era Edward Rossiter, un gigante rubio y afable.

Charmian dijo algo cortada.

—¡Oh!, estamos encantados de conocerla. —Pero sus ojos no corroboraban tales palabras y los dirigió interrogadores a Jane Helier.

—Querida —dijo ésta respondiendo a la mirada—, es maravillosa. Dejádselo todo a ella. Te dije que la traería aquí y eso he hecho. —Se dirigió a miss Marple—. Usted lo arreglará. Le será fácil.

Miss Marple volvió sus ojos de un color azul de porcelana hacia míster Rossiter.

—¿No quiere decirme de qué se trata? —le dijo.

—Jane es amiga nuestra —intervino Charmian, impaciente—. Edward y yo estamos en un apuro. Y Jane nos dijo que si veníamos a su fiesta nos presentaría a alguien que haría… que podría…

Edward acudió en su ayuda.

—Jane nos dijo que era usted la última palabra en sabuesos, miss Marple.

Los ojos de la solterona parpadearon de placer, mas protestó con modestia:

—¡Oh, no, no! Nada de eso. Lo que pasa es que viviendo en un pueblecito como vivo yo, una aprende a conocer a sus semejantes. Pero ¡la verdad es que ha despertado usted mi curiosidad! Cuénteme su problema.

—Me temo que sea algo vulgar… Se trata de un tesoro enterrado —explicó Edward Rossiter.

—¿De veras? ¡Pues me parece muy interesante!

—¿Sí? ¡Como la Isla del Tesoro! Nuestro problema carece de detalles románticos. No hay un mapa señalado con una calavera y dos tibias cruzadas, ni indicaciones como por ejemplo..., «cuatro pasos a la izquierda; dirección noroeste». Es terriblemente prosaico... Sólo sabemos dónde hemos de escarbar.

—¿Lo han intentado ya?

—Yo diría que hemos removido un par de acres. Todo el terreno lo hemos convertido casi en un huerto, y sólo nos falta decidir si sembramos coles o patatas.

—¿Podemos contárselo todo? —dijo Charmian con cierta brusquedad.

—Pues claro, querida.

—Entonces busquemos un sitio tranquilo. Vamos, Edward.

—Y abrió la marcha en dirección a una salita del segundo piso, tras abandonar aquella estancia tan concurrida y llena de humo.

Cuando estuvieron sentados, Charmian comenzó su relato.

—¡Bueno, ahí va! La historia comienza con tío Mathew, nuestro tío... o mejor dicho, tío abuelo de los dos. Era muy viejo. Edward y yo éramos sus únicos parientes. Nos queda y siempre dijo que a su muerte repartiría su dinero entre nosotros. Bien, murió (el mes de marzo pasado) y dejó dispuesto que todo debía repartirse entre Edward y yo. Tal vez por lo que he dicho le parezca a usted algo dura..., no quiero decir que hizo bien en morirse... los dos le queríamos..., pero llevaba mucho tiempo enfermo. El caso es que ese «todo» que nos había dejado resultó ser prácticamente nada. Y eso, con franqueza, fue un golpe para los dos, ¿no es cierto, Edward?

El bueno de Edward asintió:

—Habíamos contado con ello —explicó—. Quiero decir que cuando uno sabe que va a heredar un buen puñado de dinero..., bueno, no se preocupa demasiado en ganarlo. Yo estoy en el ejército... y no cuento con nada más, aparte de mi paga... y Charmian no tiene un real. Trabaja como directora de escena de un teatro... una ocupación muy interesante..., pero que no da dinero. Teníamos el propósito de casarnos, pero no nos preocupaba el aspecto económico, porque ambos sabíamos que llegaría un día en que heredaríamos.

—¡Y ahora resulta que no heredamos nada! —exclamó Charmian—. Y lo que es más, Ansteys... que es la casa solariega, y que tanto queremos Edward y yo, tendrá que venderse. ¡Y no podemos soportarlo! Pero si no encontramos el dinero de tío Mathew, tendremos que venderla.

—Charmian, tú sabes que todavía no hemos llegado a la cuestión principal —dijo el joven.

—Bien, habla tú entonces.

Edward se volvió hacia miss Marple.

—Verá usted —dijo—. A medida que tío Mathew iba envejeciendo se volvía cada vez más suspicaz, y no confiaba en nadie.

—Muy inteligente por su parte —replicó miss Marple—. La debilidad de la naturaleza humana es un hecho indudable.

—Bueno, tal vez tenga usted razón. De todas formas, tío Mathew no pensó así. Tenía un amigo que perdió todo su dinero en un Banco, y otro que se arruinó por confiar en su abogado y él mismo perdió algo en una compañía fraudulenta. De este modo se fue convenciendo de que lo único seguro era convertir el dinero en barras de oro y plata y enterrarlo en algún lugar adecuado.

—¡Ah! —dijo miss Marple—. Empiezo a comprender algo.

—Sí. Sus amigos discutían con él, haciéndole ver que de este modo no obtendría interés alguno de aquel capital, pero él sostenía que eso no le importaba. «El dinero —decía— hay que guardarlo en una caja debajo de la cama o enterrarlo en el jardín.» Y cuando murió era muy rico. Por eso suponemos que debió enterrar su fortuna.

»Descubrimos que había vendido valores y sacado grandes sumas de dinero de vez en cuando, sin que nadie sepa lo que hizo con ellas. Pero parece probable que fiel a sus principios comprara oro para enterrarlo y quedarse tranquilo —explicó Charmian.

—¿No dijo nada antes de morir? ¿No dejó ningún papel? ¿O una carta?

—Esto es lo más enloquecedor de todo. No lo hizo. Había estado inconsciente durante varios días, pero recobró el conocimiento antes de morir. Nos miró a los dos, se rió..., con una risita débil y burlona, y dijo: «Estaréis muy bien, pareja de tortolitos». Y señalándose un ojo... el derecho... nos lo guiñó. Y entonces murió...

—Se señaló un ojo —repitió miss Marple, pensativa.

—¿Saca alguna consecuencia de esto? —preguntóle Edward con ansiedad—. A mí me hace pensar en un cuento de Arsenio Lupin... algo escondido en un ojo de cristal. Pero tío Mathew no tenía ningún ojo de cristal.

—No —dijo miss Marple meneando la cabeza—. No se me ocurre nada, de momento.

—¡Jane nos dijo que usted nos diría en seguida dónde teníamos que buscar! —se lamentó Charmian, contrariada.

—No soy precisamente una adivina. —Miss Marple sonreía—. No conocí a su tío, ni sé la clase de hombre que era, ni he visto la casa que les legó ni sus alrededores.

—¿Y si visitase la finca lo sabría? —preguntó Charmian.

—Bueno, la verdad es que entonces resultaría bastante sencillo —replicó miss Marple.

—¡Sencillo! —repitió Charmian—. ¡Venga usted a Ansteys y vea si descubre algo!

Tal vez no esperaba que miss Marple tomara en serio sus palabras, pero la solterona repuso con presteza:

—Bien, querida, es usted muy amable. Siempre he deseado tener ocasión de buscar un tesoro enterrado. ¡Y además en beneficio de una pareja de enamorados! —concluyó con una sonrisa resplandeciente.

—¡Ya lo ha visto usted! —exclamó Charmian con gesto dramático.

Acababan de realizar el recorrido completo de Ansteys. Estuvieron en la huerta… convertida en un campo atrincherado… En los bosquecillos, donde se había cavado al pie de cada árbol importante, y contemplaron tristemente lo que antes fuera una cuidada pradera de césped. Subieron al ático y contemplaron los viejos baúles y cofres con su contenido esparcido por el suelo. Bajaron al sótano, donde cada baldosa había sido levantada. Midieron y golpearon las paredes, y miss Marple inspeccionó todos los muebles que tenían o pudieran tener algún cajón secreto.

Sobre una mesa había un montón de papeles… todos los que había dejado el fallecido Mathew Stroud. No se destruyó ninguno y Charmian y Edward repasaban una y otra vez las facturas, invitaciones y correspondencia comercial, con la esperanza de descubrir alguna pista.

—¿Cree usted que nos hemos olvidado de mirar en algún sitio? —le preguntó Charmian a miss Marple.

—Me parece que ya lo han mirado todo, querida —dijo la solterona moviendo la cabeza—. Tal vez si me permite decirlo, han mirado demasiado. Siempre he pensado que hay que tener un plan. Es como mi amiga miss Eldritch, que tenía una doncella estupenda que enceraba el linóleum a las mil maravillas, pero era tan concienzuda que incluso enceró el suelo del cuarto de baño, y un día, cuando miss Eldritch salía de la ducha, la alfombrita se escurrió bajo sus pies, y tuvo tan mala caída que se rompió una pierna. Fue muy desagradable, pues, naturalmente, la puerta del cuarto de baño estaba cerrada y el jardinero tuvo que coger una escalera y entrar por la ventana... con gran disgusto de miss Eldritch, que era una mujer muy pudorosa.

Edward se removió inquieto.

—Por favor, perdóneme —se apresuró a decir miss Marple—. Tengo tendencia a salirme por la tangente. Pero es que una cosa me recuerda otra, y algunas veces me resulta provechoso. Lo que quise decir es que tal vez si intentáramos aguzar nuestro ingenio y pensar en un lugar apropiado...

—Piénselo usted, miss Marple —dijo Edward, contrariado—. Charmian y yo tenemos la cabeza en blanco.

—Vamos, vamos. Claro... es una dura prueba para ustedes. Si no les importa voy a repasar bien estos papeles. Es decir, si no hay nada personal... no me gustaría que pensaran ustedes que me meto en lo que no me importa.

—Oh, puede hacerlo. Pero me temo que no va a encontrar nada.

Se sentó a la mesa y examinó metódicamente el fajo de documentos, clasificándolos en varios montoncitos. Cuando hubo concluido se quedó mirando al vacío durante varios minutos.

Edward le preguntó, no sin cierta malicia:

—¿Y bien, miss Marple?

Miss Marple se rehízo con un ligero sobresalto.

—Le ruego me perdone. Estos documentos me han servido de gran aguda.

—¿Ha descubierto algo importante?

—¡Oh!, no, nada de eso. Pero creo que ya sé qué clase de hombre era su tío Mathew... bastante parecido a mi tío Henry, que era muy aficionado a las bromas. Un solterón, sin duda... me pregunto por qué... ¿tal vez a causa de un desengaño prematuro? Metódico hasta cierto punto, pero poco amigo de sentirse atado..., como casi todos los solterones.

A espaldas de miss Marple, Charmian hizo un gesto a Edward que significaba: «Está completamente loca».

Miss Marple seguía hablando de su difunto tío Henry.

—Era muy aficionado a las charadas —explicaba—. Para algunas personas las charadas resultan muy difíciles y les molestan. Un mero juego de palabras puede irritarles. También era un hombre receloso. Siempre pensaba que los criados le robaban. Y algunas veces era verdad, aunque no siempre. Se convirtió en su obsesión. Hacia el fin de su vida pensó que envenenaban su comida, y se negó a comer otra cosa que huevos pasados por agua. Decía que nadie podía alterar el contenido de un huevo. Pobre tío Henry, ¡era tan alegre en otros tiempos! Le gustaba mucho tomar café después de cenar. Solía decir: «Este café es muy negro», y con ello quería significar que deseaba otra taza.

Edward pensó que si oía algo más sobre tío Henry se volvería loco.

—Le gustaban mucho las personas Jóvenes —proseguía miss Marple—, pero se sentía inclinado a atormentarlos un poco... no sé si me entenderán... Solía poner bolsas de caramelos donde los niños no pudieran alcanzarlas.

Dejando los cumplidos a un lado, Charmian exclamó:

—¡Me parece horrible!

—¡Oh, no, querida!, sólo era un viejo solterón, y no estaba acostumbrado a los pequeños. Y la verdad es que no era nada tonto. Acostumbraba a guardar mucho dinero en la casa, y tenía un escondite seguro. Armaba mucho alboroto por ello... diciendo lo bien escondido que estaba. Y por hablar demasiado, una noche entraron los ladrones y abrieron un boquete en el escondrijo.

—Le estuvo muy bien empleado —exclamó Edward.

—Pero no encontraron nada —replicó miss Marple—. La verdad es que guardaba su dinero en otra parte... detrás de unos libros de sermones, en la biblioteca. ¡Decía que nadie los sacaba nunca de aquel estante!

—Oiga, es una idea —le interrumpid Edward, excitado—. ¿Que le parece si miráramos en la biblioteca?

Charmian meneó la cabeza.

—¿Crees que no he pensado en eso? El martes pasado miré todos los libros cuanto tú fuiste a Portsmouth. Los saqué uno por uno y los sacudí. Tampoco en la biblioteca hay nada.

Edward exhaló un suspiro y levantándose de su asiento se dispuso a deshacerse con tacto de su insoportable visitante.

—Ha sido usted muy amable al intentar ayudarnos. Siento que no haya servido de nada. Comprendo que hemos abusado de su tiempo. No obstante... sacaré el coche y podrá alcanzar el tren de las tres treinta...

—¡Oh! —repuso miss Marple—, pero antes tenemos que encontrar el dinero, ¿verdad? No debe darse por vencido, míster Rossiter. Si la primera vez no tenemos éxito, debemos intentarlo otra y otra, y otra vez.

—¿Quiere decir que va a continuar intentándolo?

—Pues para hablar con exactitud —replicó la solterona— todavía no he empezado. Primero se coge la liebre... como dice mistress Beeton en su libro de cocina... un libro estupendo, pero terriblemente complicado... la mayoría de sus recetas empiezan diciendo: «Se toma una docena de huevos y una libra de mantequilla». Déjeme pensar..., ¿por dónde iba? Ah, sí. Bien, ya tenemos, por así decirlo, nuestra liebre, que es, naturalmente, el tío Mathew, y ahora sólo nos falta decidir dónde podría haber escondido el dinero. Puede que sea bien sencillo.

—¿Sencillo? —se extrañó Charmian.

—Oh, sí, querida. Estoy segura de que habrá utilizado el medio más fácil. Un cajón secreto... ésa es mi solución.

Edward dijo con sequedad:

—No pueden guardarse muchos lingotes de oro en un cajoncito secreto.

—No, no, claro que no. Pero no hay razón para creer que el dinero fuese convertido en oro.

—Él siempre decía...

—¡Y mi tío Henry siempre hablaba de su escondrijo! Por eso creo firmemente que lo dijo para despistar. Los diamantes pueden esconderse con facilidad en un cajón secreto.

—Pero ya lo hemos mirado todo. Hicimos venir a un técnico para que examinase los muebles.

—¿De veras, querida? Hizo usted muy bien. Yo diría que el escritorio de su tío es el lugar más apropiado. ¿Es aquel que está apoyado contra la pared?

—Sí. Voy a enseñárselo. —Charmian se acercó al mueble y lo abrió. En su interior aparecieron varios casilleros y cajoncitos. Luego, accionando una puertecita que había en el centro, tocó un resorte situado en el interior del cajón de la izquierda. El fondo de la caja del centro se adelantó y la joven la sacó dejando un hueco descubierto. Estaba vacío.

—¿No es casualidad? —exclamó miss Marple—. Mi tío Henry tenía un escritorio igual que éste sólo que era de madera de nogal y éste es de caoba.

—De todas maneras —dijo Charmian—, como puede usted ver, aquí no hay nada.

—Me imagino —replicó miss Marple— que ese experto que trajeron ustedes sería joven..., y no lo sabía todo. La gente era muy mañosa para construir sus escondrijos en aquellos tiempos. A veces hay un secreto dentro de otro secreto.

Y quitándose una horquilla de entre sus cuidados cabellos grises, la enderezó y apretó con ella un punto de la caja secreta en el que parecía haber un diminuto agujero, tal vez producido por la carcoma, y sin grandes dificultades sacó un cajón pequeñito. En él aparecieron un fajo de cartas descoloridas y un papel doblado.

Edward y Charmian se apoderaron del hallazgo, Edward desplegó el papel con dedos temblorosos y lo dejó caer con una exclamación de disgusto.

—¡Una receta de cocina! ¡Jamón al horno! ¡Bah!

Charmian estaba desatando la cinta que sujetaba el fajo de cartas. Y sacando una, exclamó:

—¡Cartas de amor!

—¡Qué interesante! —exclamó la señorita Marple—. Tal vez nos expliquen la razón de que no se casara su tío.

Charmian leyó:

«Mi querido Mathew, debo confesarte que el tiempo se me ha hecho muy largo desde que recibí tu última carta. Trato de ocuparme en las distintas tareas que me fueron encomendadas, y me digo a menudo lo afortunada que soy al poder ver tantas partes del globo, aunque jamás imaginé, cuando me fui a América, que iba a viajar hasta estas lejanas islas.»

Charmian hizo una pausa.

—¿Dónde está fechado esto? ¡Oh, en Hawai!

«¡Cielos!, estos nativos están todavía muy lejos de ver la luz. Viven semidesnudos y en un estado completamente salvaje; pasan la mayor parte del tiempo nadando o bailando, y adornándose con guirnaldas de flores. Míster Gray ha conseguido convertir a algunos, pero es una tarea difícil y él y su esposa se sienten muy descorazonados. Yo procuro hacer lo que puedo por animarle, mas yo también siento triste a menudo por la razón que puedes adivinar, querido Mathew. La ausencia es una dura prueba para un corazón enamorado. Tus renovadas promesas de amor me causaron gran alegría. Ahora y siempre te pertenecerá mi corazón, querido Mathew y seré siempre tuya,

BETTY MARTIN.

P. D.: Dirijo mi carta a nuestra mutua amiga Matilda Graves, como de costumbre. Espero que el Cielo perdone este subterfugio.»

84

Edward lanzó un silbido.

—¡Una misionera! Conque ése fue el amor de tío Mathew. Me pregunto por qué no se casaron.

—Al parecer recorrió casi todo el mundo —dijo Charmian examinando las misivas—. La isla Mauricio... toda clase de sitios. Probablemente moriría víctima de la fiebre amarilla o algo así.

Una risa divertida les sobresaltó. Miss Marple lo estaba pasando en grande.

—Vaya, vaya —dijo—. ¡Fíjense en esto ahora!

Estaba leyendo para sí la receta de jamón al horno, y al ver sus miradas interrogadoras, prosiguió en voz alta:

«Jamón al horno con espinacas. Se torna un pedazo de jamón, se rellena de dientes de ajo y se cubre con azúcar moreno. Cuézase a fuego lento. Servirlo con un borde de puré de espinacas.»

—¿Qué opinan de esto?

—Yo creo que debe resultar un asco —dijo Edward.

—No, no, tiene que resultar muy bueno..., pero, ¿qué opinan de todo esto?

—¿Usted cree que se trata de una clave... o algo parecido? —exclamó Edward con el rostro iluminado y cogiendo el papel—. Escucha, Charmian, ¡podría ser! Por otra parte, no hay razón para guardar una receta de cocina en un lugar secreto.

—Exacto —repuso miss Marple.

—Ya sé lo que puede ser... una tinta simpática —dijo Charmian—. Vamos a calentarlo. Enciende una bombilla.

Pero, una vez hecha la prueba, no apareció ningún signo de escritura invisible.

—La verdad —dijo miss Marple, carraspeando—, creo que lo están complicando demasiado. Esta receta es sólo una indicación por así decir. Según mi parecer, son las cartas lo significativo.

—¿Las cartas?

—Especialmente la firma.

Pero Edward apenas la escuchaba, y gritó excitado:

—¡Charmian! ¡Ven aquí! Tiene razón... Mira... los sobres son bastante antiguos, pero las cartas fueron escritas muchos años después.

—Exacto —repuso miss Marple.

—Sólo se trata de que parezcan antiguas. Apuesto a que el propio tío Mathew lo hizo...

—Precisamente —le confirmó la solterona.

—Todo esto es un engaño. Nunca existió esa misionera. Debe de tratarse de una clave.

—Mis queridos amigos... no hay necesidad de complicar tanto las cosas. Su tío, en realidad, era un hombre muy sencillo. Quería gastarles una pequeña broma. Eso es todo.

Por primera vez le dedicaron toda su atención.

—¿Qué es exactamente lo que quiere usted decir, miss Marple? —preguntó Charmian.

—Quiero decir, que en este preciso momento tiene usted el dinero en la mano.

Charmian miró el papel.

—La firma, querida. Ahí es donde está la solución. La receta es sólo una indicación. Ajos, azúcar moreno y lo demás, ¿qué es en realidad? *Jamón y espinacas.* ¿Qué significa? Una tontería. Así que está bien claro que lo importante son las cartas. Y entonces si consideran lo que su tío hizo antes de morir... guiñarles un ojo, según dijeron ustedes. Bien... eso, como ven, les da la pista.

—¿Está usted loca, o lo estamos todos? —exclamó Charmian.

—Sin duda, querida, debe de haber oído alguna vez la expresión que se emplea para significar que algo no es cierto, ¿o es que ya no se utiliza hoy en día? *Tengo más vista que Betty Martin.*

Eduardo susurró mirando la carta que tenía en la mano:

—Betty Martin...

—Claro, míster Rossiter. Como usted acaba de decir, no existe... no ha existido jamás semejante persona. Las cartas fueron escritas por su tío, y me atrevo a asegurar que se debió divertir de lo lindo. Como usted dice, la escritura de los sobres es mucho más antigua... en resumen, los sobres no corresponden a las cartas, porque el matasellos de una de ellas data de 1851.

Hizo una pausa y repitió con énfasis.

—Mil ochocientos cincuenta y uno. Y eso lo explica todo, ¿verdad?

—A mí no me dice nada absolutamente —repuso Edward.

—Pues está bien claro —replicó miss Marple—. Confieso que no se me hubiera ocurrido, a no ser por mi sobrino-nieto Lionel. Es un muchacho encantador y un apasionado coleccionista de sellos. Sabe todo lo referente a la filatelia. Fue él quien me habló de ciertos sellos rarísimos, y de un nuevo hallazgo que había sido vendido en subasta. Y ahora recuerdo que mencionó uno...

de 1851 *de 2 céntimos y color azul*. Creo que vale unos veinticinco mil dólares. ¡Imagínese! Me figuro que los demás también serán ejemplares raros y de gran valor. No dudo de que su tío los compraría por medio de intermediarios y tendría buen cuidado en «despistar», como se dice en los relatos de detectives.

Edward lanzó un gemido y, sentándose, escondió el rostro entre las manos.

—¿Qué te ocurre? —quiso saber Charmian.

—Nada. Es sólo de pensar que a no ser por miss Marple, pudimos haber quemado esas cartas para no profanar los recuerdos sentimentales de nuestro tío.

—¡Ah! —replicó miss Marple—. Eso es lo que no piensan nunca esos viejos aficionados a las bromas. Recuerdo que mi tío Henry envió a su sobrina favorita un billete de cinco libras como regalo de Navidad. Los metió dentro de una felicitación que pegó de modo que el billete quedara dentro y lo escribió encima: «Con cariño y mis mejores deseos. Esto es todo lo que puedo mandarte este año». La pobre chica se disgustó mucho porque le creyó un tacaño y arrojó al fuego la felicitación. Y claro, entonces él tuvo que darle otro billete.

Los sentimientos de Edward hacia tío Henry habían sufrido un cambio radical.

—Miss Marple —dijo—, voy a buscar una botella de champaña; brindemos a la salud de su tío Henry.

El crimen de la cinta métrica

Asiendo el llamador, miss Politt lo dejó caer sobre la puerta de la casita. Tras un breve intervalo llamó de nuevo. El paquete que llevaba bajo el brazo le resbaló al hacerlo, y tuvo que volver a colocarlo en su sitio. En aquel paquete llevaba el nuevo vestido de invierno de mistress Spenlow, de color verde, dispuesto para la prueba. De la mano izquierda de miss Politt pendía una bolsa de seda negra, que contenía la cinta métrica, un acerico de alfileres y un par de tijeras grandes y prácticas.

Miss Politt era alta y delgada, de nariz puntiaguda, labios finos y cabellos grises. Vaciló unos momentos antes de llamar por tercera vez. Mirando al final de la calle, vio una figura que se aproximaba rápidamente. Miss Hartnell, jovial y curtida, a pesar de sus cincuenta y cinco años, le gritó con su voz potente y grave:

—¡Buenas tardes, miss Politt!

La modista respondió:

—Buenas tardes, miss Hartnell. —Su voz era extremadamente suave y moderada. Había comenzado a trabajar como doncella en casa de una gran señora—. Perdóneme —prosiguió—, pero ¿sabe por casualidad si mistress Spenlow está en casa?

—No tengo la menor idea.

—Es bastante extraño que no conteste a mis llamadas. Esta tarde tenía que probarle el vestido. Me dijo que viniese a las tres y media.

Miss Hartnell consultó su reloj de pulsera.

—Ahora es un poco más de la media —contestó.

—Sí. He llamado ya tres veces, pero no contesta nadie; por eso me preguntaba si no habría salido sin acordarse que tenía que venir yo. Por lo general no se olvida, y además quería estrenar el vestido pasado mañana.

Miss Hartnell atravesó la puerta de la verja y entró en el jardín para reunirse con miss Politt.

—¿Y por qué no le ha abierto Gladys? —quiso saber—. Oh, no, claro, es jueves... es su día libre. Me figuro que mistress Spen-

88

low se habrá quedado dormida. Me parece que no consigue usted hacer mucho ruido con ese chisme.

Y alzando el llamador lo descargó con todas sus fuerzas. Rattat-tat-tat y, además, golpeó la puerta con las manos. También gritó con voz estentórea:

—¡Eh! ¿No hay nadie ahí dentro?

No obtuvo respuesta.

—Oh, creo que mistress Spenlow debe de haberse olvidado y se habrá ido —murmuró miss Politt—. Volveré cualquier otro rato.

—Tonterías —replicó miss Hartnell con firmeza—. No puede haber salido. Me la hubiera encontrado. Voy a echar un vistazo por las ventanas para ver si da señales de vida.

Y riendo con su habitual buen humor, para indicar que se trataba de una broma, miró superficialmente por la ventana más próxima, pues sabía que los señores Spenlow no utilizaban aquella habitación, ya que preferían la salita de la parte posterior.

A pesar de ser una mirada superficial consiguió su objetivo. En efecto, miss Hartnell no vio signos de vida. Al contrario, a través de la ventana distinguió a mistress Spenlow tendida sobre la alfombra… y muerta.

—Claro que —decía miss Hartnell al contarlo después— procuré no perder la cabeza. Esa criatura, miss Politt, no hubiera sabido qué hacer. Tenemos que conservar la serenidad —le dije—. Usted quédese aquí y yo iré a buscar al alguacil Palk. Ella protestó diciendo que no quería quedarse sola, pero no le hice el menor caso. Hay que mantenerse firme con esa clase de personas. Les encanta armar alboroto. De modo que cuando iba a marcharme, en aquel preciso momento, míster Spenlow doblaba la esquina de la calle.

Miss Hartnell hizo una pausa significativa, permitiendo a su interlocutora que le preguntara impaciente:

—Dígame: ¿qué aspecto tenía?

Miss Hartnell prosiguió:

—Con franqueza, ¡inmediatamente sospeché algo! Estaba demasiado tranquilo. No se sorprendió lo más mínimo. Y puede usted decir lo que quiera, pero no es natural que un hombre que oye decir que su mujer está muerta no exteriorice la menor emoción.

Todo el mundo tuvo que darle la razón.

La policía también. Y no tardaron en averiguar cuál era su situación después de la muerte de su esposa, descubriendo que ella era rica y que todo su dinero iría a parar a manos del viudo, gracias a un testamento hecho a toda prisa poco después del matrimonio, hecho que despertó sospechas.

Miss Marple, la solterona de rostro afable (y según algunos, de lengua afilada) que vivía en la casa contigua a la rectoría, fue interrogada muy pronto... a la media hora del descubrimiento del crimen. El alguacil Palk, con una libreta de notas, le dijo:

—Si no le molesta, tengo que hacerle algunas preguntas.

Miss Marple repuso:

—¿Acerca del asesinato de mistress Spenlow?

Palk se sorprendió

—¿Puedo preguntarle cómo se enteró de ello?

—Por el pescado.

La respuesta fue perfectamente inteligible para el alguacil, quien supuso con gran acierto que el repartidor del pescado le habría llevado la noticia al mismo tiempo que la merluza o las sardinas.

—Fue encontrada en el suelo de la sala, estrangulada —continuó miss Marple—, posiblemente con un cinturón muy estrecho; pero, fuera lo que fuese, no ha aparecido.

—¿Cómo es posible que Fred se entere de todo...? —comenzó a decir Palk.

Miss Marple le interrumpió.

—Lleva un alfiler en la solapa.

Palk se miró el lugar indicado.

—Dicen: «Ver un alfiler y cogerlo, y todo el día tendrás buena suerte».

—Espero que sea verdad. Y ahora dígame, ¿qué es lo que quería decirme?

El alguacil se aclaró la garganta y con aire de importancia consultó su libreta.

—Míster Spenlow, esposo de la interfecta, ha prestado declaración. Míster Spenlow dice que a las dos y media, según sus cálculos, le telefoneó miss Marple para pedirle que fuera a verla a las tres y cuarto, pues tenía que consultarle algo. Dígame, ¿es cierto?

—Desde luego que no —repuso miss Marple.

—¿No le telefoneó míster Spenlow a las dos y media?

—Ni a esa hora ni a ninguna otra.

—¡Ah! —exclamó Palk, retorciéndose el bigote con satisfacción.

—¿Qué más dijo míster Spenlow?

—Según su declaración, él vino aquí atendiendo a su llamada. Salió de su casa a las tres y diez, y, al llegar, la doncella le comunicó que miss Marple o no estaba en casa».

—Eso es cierto —replicó la solterona—. Él vino aquí, pero yo me encontraba en una reunión del Instituto Femenino.

—¡Ah! —volvió a exclamar Palk.

—Dígame, alguacil, ¿sospecha usted acaso que míster Spenlow haya dado muerte a su esposa?

—No puedo asegurar nada en este momento, pero me da la impresión de que alguien, sin mencionar a nadie, se las quiere dar de muy listo.

—¿Míster Spenlow? —preguntó miss Marple, pensativa.

Le agradaba míster Spenlow. Era un hombre delgado, de pequeña estatura, de hablar mesurado y convencional y el colmo de la respetabilidad. Parecía extraño que hubiera ido a vivir al campo, pues era evidente que había pasado toda su vida en la ciudad, y confió sus razones a miss Marple.

—Desde joven tuve deseos de vivir en el campo —le dijo— y tener un jardín de mi propiedad. Siempre me gustaron mucho las flores. Ya sabe, mi esposa tenía una floristería. Es donde la vi por primera vez.

Un simple comentario, pero que dejaba adivinar el idilio: Una señora Spenlow mucho más joven y hermosa, con un fondo de flores.

No obstante, míster Spenlow no sabía en realidad, nada acerca de las flores… ni de semillas, poda, época de plantación, etc. Sólo tenía una imagen en su mente… la imagen de una casita con un jardín repleto de flores de brillantes colores y dulce aroma. Le pidió que le instruyera, y fue anotando en su libretita todas las respuestas de miss Marple.

Era un hombre de ademanes reposados. Y tal vez por eso la policía se interesó por él cuando su esposa fue asesinada. A fuerza de paciencia y perseverancia averiguaron muchas cosas respecto a la difunta… y pronto lo supo también todo Saint Mary Mead.

Mistress Spenlow había trabajado como camarera de una gran casa, ocupación que dejó para casarse con el segundo jardinero. El matrimonio abrió una tienda de flores en Londres. El negocio había prosperado, pero no así el jardinero, que al poco tiempo enfermó y murió.

Su viuda sacó adelante la tienda y tuvo que ampliarla, pues no cesaba de prosperar. Luego la había traspasado a muy buen precio y volvió a embarcarse en un segundo matrimonio… con míster Spenlow, un joyero de mediana edad que había heredado un pequeño negocio. Poco después lo vendieron y se trasladaron a Saint Mary Mead.

Mistress Spenlow era una mujer bien educada. Los beneficios

del establecimiento de flores los había invertido... «con ayuda de los espíritus», según explicaba a todo el mundo. Y éstos le habían aconsejado con inesperado acierto.

Todas sus inversiones resultaron magníficas. Sin embargo, en vez de afianzarse en sus creencias «espiritistas», mistress Spenlow abandonó las sesiones y los médiums, y se entregó rápidamente, pero de corazón, a una oscura religión con influencias indias que se basaba en varias formas de inspiraciones profundas. No obstante, cuando llegó a Saint Mary Mead, se adscribió temporalmente a la iglesia anglicana. Pasaba muchos ratos con el vicario, y asistía a los oficios religiosos con asiduidad. Era parroquiana de los comercios de la localidad y jugaba al bridge en las reuniones.

Una vida monótona... sencilla. Y de repente... el crimen.

El coronel Melchett, jefe de policía, había mandado llamar al inspector Slack.

Slack era un tipo decidido. Cuando tomaba una resolución, no se volvía atrás, y ahora estaba seguro de sus hipótesis.

—Fue el esposo quien la mató, señor —declaró.

—¿Usted cree?

—Estoy completamente seguro. Sólo tiene que mirarle. Es culpable como el mismo diablo. No demuestra la menor pena o emoción. Volvió a la casa sabiendo que su mujer estaba muerta.

—¿Y no intentó ni siquiera representar el papel de marido desconsolado?

—Él no, señor. Está demasiado seguro de sí mismo. Algunos caballeros no saben fingir.

—¿Alguna otra mujer en su vida? —preguntó el coronel Melchett.

—No he podido dar con el rastro de ninguna. Claro que este hombre es muy listo. Sabe «despistar». Yo creo que estaba harto de su esposa. Ella tenía el dinero y me parece que era de carácter difícil de soportar. Así que a sangre fría decidió deshacerse de ella y vivir cómodamente solo y a sus anchas.

—Sí, supongo que puede haber sido ése el caso.

—Puede usted estar seguro de que fue así. Trazó sus planes con todo cuidado. Fingió una llamada telefónica...

Melchett le interrumpió:

—¿No han podido comprobar la llamada?

—No, señor. Eso significa que, o bien han mentido, o que fue hecha desde un teléfono público. Los únicos teléfonos públicos del pueblo son el de la estación y el de Correos. Desde Correos no llamó. Miss Blade ve a todo el que entra. En el de la estación, tal vez. Hay un tren que llega a las dos y veintisiete y a esa hora se ve bastante concurrida. Pero lo principal es que *él* dice que fue miss Marple quien le llamó, y eso, desde luego, no es cierto. La llamada no fue hecha desde su casa, y ella estaba en el Instituto Femenino.

—¿Y no habrá pasado por alto la posibilidad de que alguien quitara de en medio al marido... para poder asesinar a mistress Spenlow?

—Se refiere a Ted Gerad, ¿verdad? He estado investigando..., pero tropezamos con la falta de móvil. Él no iba a ganar nada. Sin embargo, es un indeseable. Y tiene un buen número de desfalcos en su haber.

—Es miembro del Grupo Oxford.

—No digo que no sea poco de fiar. No obstante, él mismo fue a confesárselo a su patrón. Dijo que estaba arrepentido y comenzó a devolver el dinero. Y tampoco digo que no fuera una artimaña... pudo pensar que sospechaban y decidir representar la comedia.

—Tiene usted una mentalidad muy escéptica, Slack —dijo el coronel Melchett—. A propósito, ¿ha hablado usted con miss Marple?

—¿Qué tiene ella que ver con esto, señor?

—Oh, nada. Pero ya sabe... oye cosas... ¿Por qué no va a charlar un rato con ella? Es una anciana muy inteligente.

Slack cambió de tema.

—Quería preguntarle una cosa, señor: En casa de sir Robert Abercrombie, donde la difunta trabajaba, hubo un robo de esmeraldas... que valían una fortuna. No aparecieron. He estado calculando... y debió ser cuando ella estaba allí mistress Spenlow, aunque entonces sería casi una niña. No creerá que estuviera complicada en el robo, ¿verdad, señor? Spenlow, como ya sabe, era uno de esos joyeros de vía estrecha...

—No creo que tuviera nada que ver —repuso Melchett meneando la cabeza—. Entonces ni siquiera conocía a Spenlow. Recuerdo el caso. La opinión de la policía fue que el hijo de la casa... Jim Abercrombie... estaba mezclado en el asunto... Era un joven muy gastador. Tenía un montón de deudas, que pagó precisamente después del robo... El viejo Abercrombie dificultó un poco las cosas... y quiso distraer la atención de la policía.

—Era sólo una idea, señor —dijo Slack.

Miss Marple recibió al inspector Slack con satisfacción, sobre todo al saber que le enviaba el coronel Melchett.

—Vaya, la verdad es que el coronel Melchett es muy amable. No sabía que aún se acordara de mí.

—El coronel me sugirió que viniera a verla, pues, sin duda, usted sabe todo lo que ocurre en Saint Mary Mead... que valga la pena.

—Es muy amable, pero la verdad es que no sé nada en absoluto. Quiero decir, con respecto a este crimen.

—Pero sabe lo que se murmura.

—Oh, claro..., pero no va una a repetir simples habladurías.

—Ésta no es una conversación oficial —dijo Slack queriendo animarla—, sino una charla en confianza, por así decir.

—¿Y quiere usted saber lo que dice la gente... sea o no verdad?

—Eso es.

—Bien, pues, desde luego, se habla y se imagina mucho. Las opiniones se dividen en dos campos opuestos, no sé si me comprende. Para empezar, hay personas que creen que ha sido el marido. En cierto modo, un marido o una esposa, es el sospechoso más natural, ¿no cree?

—Es posible —repuso el inspector con precaución.

—La vida en común... ya sabe... y muy a menudo el dinero. He oído decir que mistress Spenlow era rica y que su esposo se beneficia con su muerte. En este perverso mundo las suposiciones menos caritativas a menudo están justificadas.

—Sí, entra en posesión de una bonita suma.

—Por eso... parece muy verosímil que la estrangulara, saliera por la puerta posterior y viniera a mi casa a través de los campos, para preguntar por mí con la excusa de haber recibido una llamada telefónica, para luego regresar y descubrir que su mujer había sido asesinada durante su ausencia... Naturalmente, con la esperanza de que achacaran el crimen a cualquier ladrón o vagabundo.

—Y añadiendo a eso la cuestión del dinero... y si últimamente no se llevaban muy bien... —continuó el inspector.

—¡Oh, pero si se llevaban muy bien! —le interrumpió miss Marple.

—¿Está usted segura?

—¡Si se hubieran peleado lo sabría todo el mundo! La doncella, Gladys Brent, hubiera hecho circular la noticia por todo el pueblo.

—Tal vez no lo supiera —dijo el inspector sin gran convencimiento... y recibiendo a cambio una sonrisa compasiva.

—Y luego tenemos la opinión contraria —prosiguió miss Marple—: Ted Gerad. Un joven muy simpático. Creo que el aspecto personal tiene mucha importancia. ¡Nuestro último vicario produjo un efecto mágico! Todas las muchachas iban a la iglesia... por la tarde y por la mañana. Y muchas mujeres ya mayores desplegaron una desacostumbrada actividad...; ¡la de zapatillas que le hicieron! Al pobre hombre le resultaba muy violento. Pero... ¿dónde estaba? Oh, sí, hablaba de ese joven, Ted Gerad. Claro que se ha hablado de él. Venía a verla muy a menudo. A pesar de que mistress Spenlow me dijo que era miembro de un movimiento religioso que llaman el Grupo Oxford. Creo que son muy sinceros y esforzados, y mistress Spenlow se sintió muy impresionada.

Miss Marple tomó un poco de aliento antes de proseguir.

—Y estoy convencida de que no hay razón para creer que hubiera algo más que eso, pero ya sabe usted cómo es la gente. Muchas personas opinan que mistress Spenlow se dejó embaucar por ese joven, y que le prestó mucho dinero. Y es positivamente cierto que le vieron en la estación aquel día... En el tren de las dos veintisiete. Pero hubiera sido muy sencillo para él apearse por el lado contrario y saltar la cerca y no pasar por la entrada de la estación. De ese modo no le hubieran visto ir a la casa. Y claro, la gente considera que el atuendo de mistress Spenlow era, digamos, bastante particular.

—¿Particular?

—Sí. Iba en quimono. —Miss Marple se sonrojó—. Eso resulta bastante sugestivo para ciertas personas.

—¿Y para usted resulta sugestivo?

—¡Oh, no, *yo* no lo creo! A mí me parece perfectamente natural.

—¿Lo considera natural?

—En aquellas circunstancias, sí. —La mirada de miss Marple era fría y reflexiva.

—Eso pudiera darnos otros motivo para el esposo. Celos —dijo el inspector Slack.

—¡Oh, no! Míster Spenlow no hubiera sentido nunca celos. Es de esos hombres que se dan cuenta de las cosas. Si su esposa le hubiera abandonado dejándole una nota en la almohada, él sería el primero en explicarlo.

El inspector Slack se sintió interesado por el modo significativo con que le miraba. Tenía la impresión de que toda su charla pretendía ocultarle algo que él no alcanzaba a comprender.

—¿Ha encontrado alguna pista, inspector? —le preguntó miss Marple con cierto énfasis.

—Hoy en día los criminales no dejan sus huellas dactilares ni puntas de cigarros, señorita.

—Pues yo creo... que este crimen es anticuado...

—¿Qué quiere decir con eso? —preguntó Slack con extrañeza.

—Creo que el alguacil Palk puede ayudarle —repuso miss Marple despacio—. Fue la primera persona en acudir al «escenario del crimen», como se suele decir.

Míster Spenlow se hallaba sentado en una silla y parecía asustado. Dijo con su voz fina y precisa:

—Claro que puedo imaginarme lo ocurrido. Mi oído no es tan fino como antes, pero oí claramente cómo un chiquillo gritaba tras de mí: «¡Eh, mirad a ese asesino...!» Y... eso me dio la impresión de que pensaba que yo... había matado a mi querida esposa.

Miss Marple, cortando una rosa marchita, repuso:

—Ésa es, sin duda, la impresión que quiso dar.

—Pero ¿cómo es posible que metieran esa idea en la cabeza de un niño?

—Pues lo más probable es que la asimiló escuchando las opiniones de sus mayores —repuso miss Marple.

—Usted... ¿usted cree de verdad que lo piensan también otras personas?

—La mitad de los habitantes de Saint Mary Mead.

—Pero... mi querida señora... ¿cómo es posible que se les haya ocurrido una idea semejante? Yo quería sinceramente a mi esposa. A ella no le agradaba vivir en el campo tanto como yo esperaba, pero el estar de completo acuerdo en todo es un ideal inasequible. Le aseguro que he sentido intensamente su pérdida.

—Es probable. Pero si me perdona le diré que no lo parece.

Míster Spenlow irguió cuanto pudo su menguada figura.

—Mi querida señora, hace muchos años leí que un filósofo chino, cuando tuvo que separarse de su adorada esposa, continuó tranquilamente tocando su batintín en la calle, como tenía por costumbre...; me figuro que debe de ser un pasatiempo chino... Los habitantes de aquella ciudad se sintieron muy impresionados por su entereza.

—La gente de Saint Mead ha reaccionado de un modo bastante distinto —dijo miss Marple—. La filosofía china no va con ellos.

—¿Pero usted lo comprende?

Miss Marple asintió.

—Mi tío Henry —explicó— era un hombre con un extraordinario dominio de sí mismo. Su lema fue: «Nunca exteriorices tus emociones». Él también era muy aficionado a las flores.

—Estaba pensando que tal vez pudiera colocar una pérgola en el lado oeste de la casa —dijo Spenlow con cierta vehemencia—. Con rosas de té, y tal vez glicinas… Y hay una florecita blanca, en forma de estrella, que ahora no recuerdo cómo se llama…

—Tengo un catálogo muy bonito, con fotografías —le dijo miss Marple en un tono semejante al que empleaba para dirigirse a su sobrinito de tres años—. Tal vez le agradaría hojearlo… Yo tengo que ir ahora mismo al pueblo.

Y dejando a míster Spenlow sentado en el jardín con el catálogo, miss Marple subió a su habitación, envolvió apresuradamente un vestido en un trozo de papel castaño, salió de la casa y se dirigió a toda prisa a la oficina de Correos. Miss Politt, la modista, vivía en una de las habitaciones de la parte alta del edificio.

Miss Marple no subió directamente la escalera. Eran las dos y media, y un minuto después, el autobús de Much Benham se detendría ante la puerta de la oficina de Correos… Era uno de los mayores acontecimientos de la vida cotidiana de Saint Mary Mead. La encargada saldría a toda prisa a recoger los paquetes relacionados con la parte de venta de su negocio, pues también vendía dulces, libros baratos y juguetes.

Durante algunos minutos miss Marple estuvo sola en la oficina de Correos.

Y hasta que la encargada hubo regresado a su puesto, no subió a ver a miss Politt para explicarle que quería que retocara su viejo vestido de crepé gris y lo pusiera a la moda, a ser posible. La modista le prometió hacer cuanto pudiera.

El jefe de la policía quedó bastante asombrado al saber que miss Marple deseaba verle. La solterona entró disculpándose:

—No sabe cuánto siento molestarle. Sé que está muy ocupado, pero usted ha sido siempre tan amable conmigo, coronel Melchett, que creí que debía verle a usted en vez de acudir al inspector Slack. En primer lugar no me gustaría complicar al alguacil Palk… Hablando con toda claridad, supongo que él no habría tocado nada en absoluto.

El coronel Melchett estaba ligeramente extrañado.

—¿Palk? Es el alguacil de Saint Mary Mead, ¿verdad? ¿Qué es lo que ha hecho?

—Cogió un alfiler. Lo llevaba prendido en su traje y a mí se me ocurrió que tal vez lo hubiese cogido en casa de mistress Spenlow.

—Desde luego. Pero, después de todo, ¿qué es un alfiler? A decir verdad, lo cogió junto al cadáver de mistress Spenlow. Ayer vino Slack y me lo dijo...; me figuro que usted le obligó a ello. Claro que no debía haber tocado nada, pero como le dije ya, ¿qué es un alfiler? Era sólo un simple alfiler. De esos que emplean todas las mujeres.

—Oh, no, coronel Melchett, ahí es donde se equivoca. Tal vez a los ojos de un hombre parezca un alfiler vulgar, pero no lo es. Se trata de uno especial... muy fino... de los que se compran por cajas y que usan especialmente las modistas.

Melchett la miraba mientras se iba haciendo una pequeña luz en su mente. Miss Marple inclinó varias veces la cabeza en señal de asentimiento.

—Sí, naturalmente. A mí me parece todo claro. Llevaba el quimono porque iba a probarse su nuevo vestido, y nada más abrir la puerta, miss Politt debió decir algo de las medidas y le puso la cinta métrica alrededor del cuello... y luego su tarea se limitó a cruzarla y apretar...; muy sencillo, según he oído decir. Luego saldría cerrando la puerta, y, haciendo ver que acababa de llegar, comenzó a golpearla con el llamador. Mas el alfiler demuestra que *ya había estado en la casa.*

—¿Y fue miss Politt la que telefoneó a Spenlow?

—Sí. Desde la oficina de Correos, a las dos y media... precisamente cuando llega el autobús y la oficina se queda vacía.

—Pero, mi querida miss Marple, ¿por qué? No es posible cometer un crimen sin motivo.

—Bueno, a mí me parece, coronel Melchett, por todo lo que he oído, que este crimen data de mucho tiempo atrás. Y esto me recuerda a mis dos primos, Anthony y Gordon. Todo lo que hacía Anthony le salía bien; en cambio, Gordon era todo lo contrario: perdía en las carreras de caballos, sus valores bajaron, y sus acciones fueron despreciadas... Tal como lo veo, las dos mujeres actuaron juntas.

—¿En qué?

—En el robo. Hace mucho tiempo. Según he oído eran unas esmeraldas de gran valor. Fueron robadas por la doncella de la señora y la ayudante de camarera. Porque hay una cosa que todavía no se ha explicado... Cuando se casó con el jardinero, ¿de dónde sacaron el capital para montar una tienda de flores? La respuesta es: en la... rapiña, creo que es la expresión adecuada. Todo lo que emprendió le salió bien. El dinero trae dinero. Pero la otra, la doncella de la señora, debió de ser poco afortunada... y tuvo que conformarse con ser una modista de pueblo. Luego volvieron a encontrarse. Todo fue bien al principio, supongo, hasta que apareció en escena Ted Gerad. Mistress Spenlow seguía sintiendo remordimiento e inclinación por todas las religiones exóticas. Este joven le apremiaría para que «hiciese frente» a los hechos y «limpiara su conciencia», y me atrevo a asegurar que estaba dispuesta a hacerlo. Pero miss Politt no lo apreciaba así... sabía que podía verse en la cárcel por un delito cometido muchos años atrás. Así que decidió poner fin a todo aquello. Me temo que haya sido siempre una mujer perversa. No creo que hubiera movido ni un dedo para impedir que ahorcaran al afable y estúpido míster Spenlow.

—Podemos... er... comprobar su teoría... si logramos identificar a miss Politt como la doncella de los Abercrombie —dijo el coronel Melchett—, pero...

—Será muy sencillo —le tranquilizó miss Marple—. Es de esas mujeres que confiesan en seguida al verse descubiertas. Y, ¿sabe usted?, además tengo su cinta métrica. Se... se la quité distraídamente cuando me estuvo probando ayer. Cuando la eche de menos y sepa que está en manos de la policía... bien, es una mujer ignorante y creerá que eso la acusa definitivamente. No le dará trabajo, se lo aseguro —terminó la solterona animándole, con el mismo tono con que una tía suya le aseguró que no la suspenderían en los exámenes de ingreso en Sandhurst.

Y había aprobado.

El caso de la doncella perfecta

—Por favor, señora, ¿podría hablar un momento con usted?

Podría pensarse que esta petición era un absurdo, puesto que Edna, la doncellita de miss Marple, estaba hablando con su ama en aquellos momentos.

Sin embargo, reconociendo la expresión, la solterona repuso con presteza:

—Desde luego, Edna, entra y cierra la puerta. ¿Qué te ocurre?

Tras cerrar la puerta obedientemente, Edna avanzó unos pasos retorciendo la punta de su delantal entre sus dedos y tragó saliva un par de veces.

—¿Y bien, Edna? —la animó miss Marple.

—Oh, señora, se trata de mi prima Gladdie.

—¡Cielos! —repuso miss Marple, pensando lo peor, que siempre suele resultar lo acertado—. No... ¿no estará en un apuro?

Edna se apresuró a tranquilizarla.

—Oh, no, señora, nada de eso. Gladdie no es de esa clase de chicas. Es por otra cosa por lo que está preocupada. Ha perdido su empleo.

—Lo siento. Estaba en Old Hall, ¿verdad?, con la señorita... o señoritas... Skinner.

—Sí, señora. Y Gladdie está muy disgustada... vaya si lo está.

—Gladdie ha cambiado muy a menudo de empleo desde hace algún tiempo, ¿no es así?

—¡Oh, sí, señora! Siempre está cambiando. Gladdie es así. Nunca parece estar instalada definitivamente, no sé si me comprende usted. Pero siempre había sido ella la que quiso marcharse.

—¿Y esta vez ha sido al contrario? —preguntó miss Marple con sequedad.

—Sí, señora. Y eso ha disgustado terriblemente a Gladdie.

Miss Marple pareció algo sorprendida. La impresión que tenía de Gladdie, a quien había visto alguna vez tomando el té en la cocina en sus «días libres», era la de una joven robusta y alegre, de temperamento despreocupado.

Edna proseguía:

—¿Sabe usted, señora? Ocurrió por lo que insinuó miss Skinner.

—¿Qué es lo que insinuó miss Skinner? —preguntó miss Marple con paciencia.

Esta vez Edna la puso al corriente de todo.

—¡Oh, señora! Fue un golpe terrible para Gladdie. Desapareció uno de los broches de miss Emily y, claro, a nadie le gusta que ocurra una cosa semejante; es muy desagradable, señora. Y Gladdie les ayudó a buscar por todas partes y miss Lavinia dijo que iba a llamar a la policía y entonces apareció caído en la parte de atrás de un cajón del tocador, y Gladdie se alegró mucho.

»Y al día siguiente, cuando Gladdie rompió un plato, miss Lavinia le dijo que estaba despedida y que le pagaría el sueldo de un mes. Y lo que Gladdie siente es que no pudo ser por haber roto el plato, sino que miss Lavinia lo tomó como pretexto para despedirla, y que el verdadero motivo fue la desaparición del broche, ya que debió de pensar que lo había devuelto al oír que iban a llamar a la policía, y eso no es posible, pues Gladdie nunca haría una cosa así. Y ahora circulará la noticia y eso es algo muy serio para una chica, como ya sabe la señora.

Miss Marple asintió. A pesar de no sentir ninguna simpatía especial por la robusta Gladdie, estaba completamente segura de la honradez de la muchacha y de lo mucho que debía haberla trastornado aquel suceso.

—Señora —siguió Edna—, ¿no podría hacer algo por ella? Gladdie está en un momento difícil.

—Dígale que no sea tonta —repuso miss Marple—. Si ella no cogió el broche… de lo cual estoy segura… no tiene motivos para inquietarse.

—Pero se sabrá por ahí —repuso Edna con desmayo.

—Yo… er…, arreglaré eso esta tarde —dijo miss Marple—. Iré a hablar con las señoritas Skinner.

—¡Oh, gracias, señora!

Old Hall era una antigua mansión victoriana rodeada de bosques y parques. Puesto que había resultado inalquilable e invendible, un especulador la había dividido en cuatro pisos instalando un sistema central de agua caliente, y el derecho a utilizar «los terrenos» debía repartirse entre los inquilinos. El experimento resultó un éxito. Una anciana rica y excéntrica ocupó uno de los pisos con su doncella. Aquella vieja señora tenía verdadera pasión por los pájaros y cada día alimentaba a verdaderas bandadas. Un juez indio retirado y su esposa alquilaron el segundo piso. Una pareja de recién casados, el tercero, y el cuarto fue tomado dos meses atrás por dos señoritas solteras, ya de edad, apellidadas Skinner. Los cuatro grupos de inquilinos vivían distantes unos de otros, puesto que ninguno de ellos tenía nada en común. El propietario parecía hallarse muy satisfecho con aquel estado de cosas. Lo que él temía era la amistad, que luego trae quejas y reclamaciones.

Miss Marple conocía a todos los inquilinos, aunque a ninguno a fondo. La mayor de las dos hermanas Skinner, miss Lavinia, era lo que podría llamarse el miembro trabajador de la empresa. La más joven, miss Emily, se pasaba la mayor parte del tiempo en la casa quejándose de varias dolencias que, según la opinión general de todo Saint Mary Mead, eran imaginarias. Sólo miss Lavinia creía sinceramente en el martirio de su hermana, y de buen grado iban una y otra vez al pueblo en busca de las cosas «que su hermana había deseado de pronto».

Según el punto de vista de Saint Mary Mead, si miss Emily hubiera sufrido la mitad de lo que decía, ya hubiese enviado a buscar al doctor Haydock mucho tiempo atrás. Pero cuando se lo sugerían cerraba los ojos con aire de superioridad y murmuraba que su caso no era sencillo... que los mejores especialistas de Londres habían fracasado... y que un médico nuevo y maravilloso la tenía sometida a un tratamiento revolucionario con el cual esperaba que su salud mejorara. No era posible que un vulgar matasanos de pueblo entendiera su caso.

—Y yo opino —decía miss Hartnell— que hace muy bien en no llamarle. Nuestro querido doctor Haydock, con su campechanería, iba a decirle que no le pasa nada y que no tiene por qué armar tanto alboroto. ¡Y le haría mucho bien!

Sin embargo, miss Emily, haciendo caso omiso de un tratamiento tan despótico, continuaba tendida en los divanes, rodeada de cajitas de píldoras extrañas, y rechazando casi todos los alimentos que le preparaban, y pidiendo siempre algo..., por lo general, difícil de encontrar.

Gladdie abrió la puerta a miss Marple con un aspecto mucho más deprimido de lo que ésta pudo imaginar. En la salita, una cuarta parte del antiguo salón, que había sido dividido para formar el comedor, la sala, un cuarto de baño y un cuartito de la doncella, miss Lavinia se levantó para saludar a miss Marple.

Lavinia Skinner era una mujer huesuda de unos cincuenta años, alta y enjuta, de voz áspera y ademanes bruscos.

—Celebro verla —le dijo a la solterona—. La pobre Emily está echada... no se siente muy bien hoy. Espero que la reciba a usted, eso la animará, pero algunas veces no se siente con ánimos de ver a nadie. La pobrecilla es una enferma maravillosa.

Miss Marple contestó con frases amables. El servicio era el tema principal de conversación en Saint Mary Mead, así que no tuvo dificultad en dirigirla en aquel sentido. ¿Era cierto lo que había oído decir, que Gladdie Holmes, aquella chica tan agradable y tan atractiva, se les marchaba?

Miss Lavinia asintió.

—El viernes. La he despedido porque lo rompe todo. No hay quien la soporte.

Miss Marple suspiró y dijo que hoy en día hay que aguantar tanto... que era difícil encontrar muchachas de servicio en el campo. ¿Estaba decidida a despedir a Gladdie?

—Sé que es difícil encontrar servicio —admitió miss Lavinia—. Los Devereux no han encontrado a nadie..., pero no me extraña... siempre están peleando, no paran de bailar *jazz* durante toda la noche... comen a cualquier hora... y esa joven no sabe nada del gobierno de una casa. ¡Compadezco a su esposo! Luego los Larkin acaban de perder a su doncella. Claro que con el temperamento de ese juez indio que quiere el Chota Harzi como él dice, a las seis de la mañana, y el alboroto que arma mistress Larkin, tampoco me extraña. Jenny, la doncella de mistress Carmichael, es la única fija... aunque yo la encuentro muy poco agradable y creo que tiene dominada a la vieja señora.

—Entonces, ¿no piensa rectificar su decisión con respecto a Gladdie? Es una chica muy simpática. Conozco a toda la familia; son muy honrados.

—Tengo mis razones —dijo miss Lavinia dándose importancia.

—Tengo entendido que perdió usted un broche... —murmuró miss Marple.

—¿Por quién lo ha sabido? Supongo que habrá sido ella quien se lo ha dicho. Con franqueza, estoy casi segura que fue ella quien lo cogió. Y luego, asustada, lo devolvió; pero, claro, no puede decirse nada a menos de que se esté bien seguro. —Cambió de tema—. Venga usted a ver a Emily, miss Marple. Estoy segura de que le hará mucho bien un ratito de charla.

Miss Marple la siguió obedientemente hasta una puerta a la cual llamó miss Lavinia, y una vez recibieron autorización para pasar, entraron en la mejor habitación del piso, cuyas persianas semiechadas apenas dejaban penetrar la luz. Miss Emily hallábase en la cama, al parecer disfrutando de la penumbra y de sus infinitos sufrimientos.

La escasa luz dejaba ver una criatura delgada, de aspecto impreciso, con una maraña de pelo gris amarillento rodeando su cabeza, dándole el aspecto de un nido de pájaros, del cual ningún ave se hubiera sentido orgullosa. Se olía a agua de colonia, a bizcochos y alcanfor.

Con los ojos entornados y voz débil, Emily Skinner explicó que aquél era uno de sus «días malos».

—Lo peor de estar enfermo —dijo Emily en tono melancólico— es que uno se da cuenta de la carga que resulta para los demás.

Miss Marple murmuró unas palabras de simpatía, y la enferma continuó:

—¡Lavinia es tan buena conmigo! Lavinia, querida, no quisiera darte este trabajo, pero si pudieras llenar mi bolsa de agua caliente como a mí me gusta... Demasiado llena me pesa... y si lo está a medias se enfría inmediatamente.

—Lo siento, querida. Dámela. Te la vaciaré un poco.

—Bueno, ya que vas a hacerlo, tal vez pudieras volver a calentar el agua. Supongo que no habrá galletas en casa... no, no, no importa. Puedo pasarme sin ellas. Con un poco de té y una rodajita de limón... ¿no hay limones? La verdad, no puedo tomar té sin limón. Me parece que la leche de esta mañana estaba un poco agria, y por eso no quiero ponerla en el té. No importa. Puedo pasarme sin té. Sólo que me siento tan débil... Dicen que las ostras son muy nutritivas. Tal vez pudiera tomar unas pocas... No... no... Es demasiado difícil conseguirlas siendo tan tarde. Puedo ayunar hasta mañana.

Lavinia abandonó la estancia murmurando incoherentemente que iría al pueblo en bicicleta.

Miss Emily sonrió débilmente a su visitante y volvió a recalcar que odiaba dar quehacer a los que la rodeaban.

Aquella noche miss Marple contó a Edna que su embajada no había tenido éxito.

Se disgustó bastante al descubrir que los rumores sobre la poca honradez de Gladdie se iban extendiendo por el pueblo. En la oficina de Correos, miss Ketherby le informó:

—Mi querida Jenny, le han dado una recomendación escrita diciendo que es bien dispuesta, sensata y respetable, pero no hablan para nada de su honradez. ¡Eso me parece muy significativo! He oído decir que se perdió un broche. Yo creo que debe de haber algo más, porque hoy día no se despide a una sirvienta a menos que sea por una causa grave. ¡Es tan difícil encontrar otra…! Las chicas no quieren ir a Old Hall. Tienen verdadera prisa por volver a sus casas en los días libres. Ya verá usted, las Skinner no encontrarán a nadie más, y tal vez entonces esa hipocondríaca tendrá que levantarse y hacer algo.

Grande fue el disgusto de todo el pueblo cuando se supo que las señoritas Skinner habían encontrado nueva doncella por medio de una agencia, y que por todos los conceptos era un modelo de perfección.

—Tenemos bonísimas referencias de una casa en la que ha estado «tres años», prefiere el campo y pide menos que Gladdie. La verdad es que hemos sido muy afortunadas.

—Bueno, la verdad… —repuso miss Marple, a quien miss Lavinia acababa de informar en la pescadería—. Parece demasiado bueno para ser verdad.

Y en Saint Mary Mead se fue formando la opinión de que el modelo se arrepentiría en el último momento y no llegaría.

Sin embargo, ninguno de esos pronósticos se cumplió, y todo el pueblo pudo contemplar a aquel tesoro doméstico llamado Mary Higgins, cuando pasó en el taxi de Red en dirección a Old Hall. Tuvieron que admitir que su aspecto era inmejorable… el de una mujer respetable, pulcramente vestida.

Cuando miss Marple volvió de visita a Old Hall con motivo de recolectar objetos para la tómbola del vicariato, le abrió la puerta Mary Higgins. Era, sin duda alguna, una doncella de muy buen aspecto. Representaba unos cuarenta años, tenía el cabello negro y cuidado, mejillas sonrosadas y una figura rechoncha discretamente vestida de negro, con delantal blanco y cofia… «el verdadero tipo de doncella antigua», como luego explicó miss Marple, y con una voz mesurada y respetuosa, tan distinta a la altisonante y exagerada de Gladdie.

Miss Lavinia parecía menos cansada que de costumbre, aunque a pesar de ello se lamentó de no poder concurrir a la tómbola debido a la constante atención que requería su hermana; no obstante le ofreció su ayuda monetaria y prometió contribuir con varios limpiaplumas y zapatitos de niño.

Miss Marple la felicitó por su magnífico aspecto.

—La verdad es que se lo debo principalmente a Mary. Estoy contenta de haber tomado la resolución de despedir a la otra chica. Mary es maravillosa. Guisa muy bien, sabe servir la mesa, y tiene el piso siempre limpio… da la vuelta al colchón todos los días… y se porta estupendamente con Emily.

Miss Marple se interesó por la salud de Emily.

—Oh, pobrecilla, últimamente ha sentido mucho el cambio de tiempo. Claro, no puede evitarlo, pero algunas veces nos hace las cosas algo difíciles. Quiere que se le preparen ciertas cosas, y cuando se las llevamos, dice que no puede comerlas... y luego las vuelve a pedir al cabo de media hora, cuando ya se han estropeado y hay que hacerlas de nuevo. Eso representa, naturalmente, mucho trabajo..., pero por suerte a Mary parece que no le molesta. Está acostumbrada a servir a inválidos y sabe comprenderlos. Es una gran ayuda.

—¡Cielos! —exclamó miss Marple—. ¡Vaya suerte!

—Sí, desde luego. Me parece que Mary nos ha sido enviada como la respuesta a una plegaria

—Casi me parece demasiado buena para ser verdad —dijo miss Marple—. Yo que usted... bueno... yo en su lugar iría con cuidado.

Lavinia Skinner pareció no captar la intención de la frase.

—¡Oh! —exclamó—. Le aseguro que haré todo lo posible para que se encuentre a gusto. No sé lo que haría si se marchara.

—No creo que se marche hasta que se haya preparado bien —comentó miss Marple mirando fijamente a Lavinia.

—Cuando no se tienen preocupaciones domésticas uno se quita un gran peso de encima, ¿verdad? ¿Qué tal se porta la pequeña Edna?

—Pues muy bien. Claro que no tiene nada de extraordinario. No es como esa Mary. Sin embargo, la conozco a fondo, puesto que es una muchacha del pueblo.

Al salir al recibidor se oyó la voz de la inválida que gritaba:

—Esas compresas se han secado del todo... y el doctor Allerton dijo que debían conservarse siempre húmedas. Vaya, déjelas. Quiero tomar una taza de té y un huevo pasado por agua... que sólo se haya cocido tres minutos y medio, recuérdelo. Y vaya a decir a miss Lavinia que venga.

La eficiente Mary salió del dormitorio y se dirigió a Lavinia.

—Miss Emily la llama, señora.

Y dicho esto abrió la puerta a miss Marple, la ayudó a ponerse el abrigo y le tendió el paraguas del modo más irreprochable.

Miss Marple dejó caer el paraguas y al intentar recogerlo se le cayó el bolso desparramándose todo su contenido. Mary, toda amabilidad, la ayudó a recoger varios objetos... un pañuelo, un librito de notas, una bolsita de cuero anticuada, dos chelines, tres peniques y un pedazo de caramelo de menta.

Miss Marple recibió este último con muestra de confusión.

—¡Oh, Dios mío!, debe haber sido el niño de mistress Clement. Recuerdo que lo estaba chupando y me cogió el bolso y estuvo jugando con él. Debió de meterlo dentro. ¡Qué pegajoso está!

—¿Quiere que lo tire, señora?

—¡Oh, si no le molesta…! ¡Muchas gracias…!

Mary se agachó para recoger por último un espejito, que hizo exclamar a miss Marple al recuperarlo:

—¡Qué suerte que no se haya roto!

Y abandonó la casa dejando a Mary de pie junto a la puerta con un pedazo de caramelo de menta en la mano y un rostro completamente inexpresivo.

Durante diez largos días todo Saint Mary Mead tuvo que oír pregonar las excelencias del tesoro de las señoritas Skinner.

Al undécimo, el pueblo se estremeció ante la gran noticia.

¡Mary, el modelo de sirvienta, había desaparecido! No había dormido en su cama y encontraron la puerta de la casa abierta de par en par. Se marchó tranquilamente, durante la noche.

¡Y no era sólo Mary lo que había desaparecido! También los broches y cinco anillos de miss Lavinia; y tres sortijas, una pulsera y cuatro prendedores de miss Emily.

Era el primer capítulo de la catástrofe.

La joven señora Devereux había perdido sus diamantes, que guardaba en un cajón sin llave, y también algunas pieles valiosas, regalo de bodas. El juez y su esposa notaron la desaparición de varias joyas y cierta cantidad de dinero. Mistress Carmichael fue la más perjudicada. No sólo le robaron algunas joyas de gran valor, sino que una considerable suma de dinero que guardaba en su piso había volado. Aquella noche, Jenny había salido y su ama tenía la costumbre de pasear por los jardines al anochecer llamando a los pájaros y arrojándoles migas de pan. Era evidente que Mary, la doncella perfecta, había encontrado las llaves que abrían todos los pisos.

Hay que confesar que en Saint Mary Mead reinaba cierta malsana satisfacción. ¡Miss Lavinia había alardeado tanto de su maravillosa Mary…!

—Y, total, ha resultado una vulgar ladrona.

A esto siguieron interesantes descubrimientos. Mary, no sólo había desaparecido, sino que la agencia que la colocó pudo comprobar que la Mary Higgins que recurrió a ellos y cuyas referencias dieron por buenas, era una impostora. La verdadera Mary Higgins era una fiel sirvienta que vivía con la hermana de un virtuoso sacerdote en cierto lugar de Cornualles.

—Ha sido endiabladamente lista —tuvo que admitir el inspector Slack—. Y si quieren saber mi opinión, creo que esa mujer trabaja con una banda de ladrones. Hace un año hubo un caso parecido en Northumberland. No la cogieron ni pudo recuperarse lo robado. Sin embargo, nosotros lo haremos mejor.

El inspector Slack era un hombre de carácter muy optimista.

No obstante, iban transcurriendo las semanas y Mary Higgins continuaba triunfalmente en libertad. En vano, el inspector Slack redoblaba la energía que le era característica.

Miss Lavinia permanecía llorosa, y miss Emily estaba tan contrariada e inquieta por su estado que envió a buscar al doctor Haydock.

El pueblo entero estaba ansioso por conocer lo que opinaba de la enfermedad de miss Emily, pero, claro, no podían preguntárselo. Sin embargo, pudieron informarse gracias a míster Meek, el ayudante del farmacéutico, que salía con Clara, la doncella de mistress Price-Ridley. Entonces se supo que el doctor Haydock le había recetado una mezcla de asafétida y valeriana, que según míster Meek, era lo que daban a los reclutas tramposos del ejército que se fingían enfermos.

Poco después supieron que miss Emily, carente de la atención médica que precisaba, había declarado que en su estado de salud consideraba necesario permanecer cerca del especialista de Londres que comprendía su caso. Dijo que lo hacía sobre todo por Lavinia.

El piso quedó por alquilar.

Varios días después, miss Marple, bastante sofocada, llegó al puesto de policía de Much Benham y preguntó por el inspector Slack.

Al inspector Slack no le caía bien miss Marple, pero se daba cuenta de que el jefe de Policía, coronel Melchett, no compartía su opinión. Por lo tanto, aunque de mala gana, la recibió.

—Buenas tardes, señorita Marple. ¿En qué puedo servirla?

—¡Oh, Dios mío! —repuso la solterona—. Veo que tiene usted mucha prisa.

—Hay mucho trabajo —replicó el inspector Slack—; pero puedo dedicarle unos minutos.

—¡Oh, Dios mío! Espero saber exponer con claridad lo que vengo a decirle. Resulta tan difícil explicarse, ¿no lo cree usted así? No, tal vez usted no. Pero, compréndalo, no he tenido una educación moderna…, sólo tuve una institutriz que me enseñaba las fechas del reinado de los reyes de Inglaterra y cultura general… Doctor Brewer…, tres clases de enfermedades del trigo… pulgón… añublo… y, ¿cuál es la tercera?, ¿tizón?

—¿Ha venido a hablarme del tizón? —preguntó el inspector, enrojeciendo acto seguido.

—¡Oh, no, no! —se apresuró a responder miss Marple—. Ha sido un ejemplo. Y qué superfluo es todo eso, ¿verdad…?, pero no le enseñan a uno a no apartarse de la cuestión, que es lo que yo quiero. Se trata de Gladdie, ya sabe, la doncella de las señoritas Skinner.

—Mary Higgins —dijo el inspector Slack.

—¡Oh, sí! Ésa fue la segunda doncella; pero yo me refiero a Gladdie Holmes…, una muchacha bastante impertinente y demasiado satisfecha de sí misma, pero muy honrada, y por eso es muy importante que se la rehabilite.

—Que yo sepa no hay ningún cargo contra ella —repuso el inspector.

—No; ya sé que no se la acusa de nada…, pero eso aún resulta peor, porque ya sabe usted, la gente se imagina cosas. ¡Oh, Dios mío…, sé que me explico muy mal! Lo que quiero decir es que lo importante es encontrar a Mary Higgins.

—Desde luego —replicó el inspector—. ¿Tiene usted alguna idea?

—Pues a decir verdad, sí —respondió miss Marple—. ¿Puedo hacerle una pregunta? ¿No le sirven de nada las huellas dactilares?

—¡Ah! —repuso el inspector Slack—. Ahí es donde fue más lista que nosotros. Hizo la mayor parte del trabajo con guantes de goma, según parece. Y ha sido muy precavida…, limpió todas las que podía haber en su habitación y en la fregadera. ¡No conseguimos dar con una sola huella en toda la casa!

—Y si las tuviera, ¿le servirían de algo?

—Es posible, señora. Pudiera ser que las conocieran en Scotland Yard. ¡No sería éste su primer hallazgo!

Miss Marple asintió muy contenta y abriendo su bolso sacó una caja de tarjetas; en su interior, envuelto en algodones, había un espejito.

—Es el de mi monedero —explicó—. En él están las huellas

digitales de la doncella. Creo que están bien claras... puesto que antes tocó una sustancia muy pegajosa.

El inspector estaba sorprendido.

—¿Las consiguió a propósito?

—¡Naturalmente!

—¿Entonces, sospechaba ya de ella?

—Bueno, ¿sabe usted?, me pareció demasiado perfecta. Y así se lo dije a miss Lavinia, pero no supo comprender la indirecta. Inspector, yo no creo en las perfecciones. Todos nosotros tenemos nuestros defectos... y el servicio doméstico los saca a relucir bien pronto.

—Bien —repuso el inspector Slack, recobrando su aplomo—. Estoy seguro de que debo estarle muy agradecido. Enviaré el espejo a Scotland Yard y a ver qué dicen.

Se calló de pronto. Miss Marple había ladeado ligeramente la cabeza y le contempló con fijeza.

—¿Y por qué no mira algo más cerca, inspector?

—¿Qué quiere decir, miss Marple?

—Es muy difícil de explicar, pero cuando uno se encuentra ante algo fuera de lo corriente, no deja de notarlo... A pesar de que a menudo pueden resultar simples naderías. Hace tiempo, que me di cuenta, ¿sabe? Me refiero a Gladdie y al broche. Ella es una chica honrada; no lo cogió. Entonces, ¿por qué lo imaginó así miss Skinner? Miss Lavinia no es tonta..., muy al contrario. ¿Por qué tenía tantos deseos de despedir a una chica que era una buena sirvienta, cuando es tan difícil encontrar servicio? Eso me pareció algo fuera de lo corriente..., y empecé a pensar. Pensé mucho. ¡Y me di cuenta de otra cosa rara! Miss Emily es una hipocondríaca, pero es la primera hipocondríaca que no ha enviado a buscar en seguida a uno u otro médico. Los hipocondríacos adoran a los médicos. ¡Pero miss Emily no!

—¿Qué es lo que insinúa, miss Marple?

—Pues que las señoritas Skinner son unas personas muy particulares. Miss Emily pasa la mayor parte del tiempo en una habitación a oscuras, y si eso que lleva no es una peluca... ¡me como mi moño postizo! Y lo que digo es esto: que es perfectamente posible que una mujer delgada, pálida y de cabellos grises sea la misma que la robusta, morena y sonrosada... puesto que nadie puede decir que haya visto alguna vez juntas a miss Emily y a Mary Higgins. Necesitaron tiempo para sacar copias de todas las llaves, y para descubrir todo lo referente a la vida de los demás inquilinos, y luego... hubo que deshacerse de la muchacha del pueblo. Miss Emily sale una noche a dar un paseo por el campo y a la mañana siguiente llega a la estación convertida en Mary Higgins. Y luego, en el momento preciso, Mary Higgins desaparece y con ella la pista. Voy a decirle dónde puede encontrarla, inspector... ¡En el sofá de Emily Skinner...! Mire si hay huellas dactilares, si no me cree, pero verá que tengo razón. Son un par de ladronas listas... esas Skinner... sin duda en combinación con un vendedor de objetos robados... o como se llame. Pero ¡esta vez no se escaparán! No voy a consentir que una de las muchachas de la localidad sea acusada de ladrona. Gladdie Holmes es tan honrada como la luz del día y va a saberlo todo el mundo. ¡Buenas tardes!

Miss Marple salió del despacho antes de que el inspector Slack pudiera recobrarse.

—¡Cáspita! —murmuró—. ¿Tendrá razón, acaso?

No tardó en descubrir que miss Marple había acertado una vez más.

El coronel Melchett felicitó al inspector Slack por su eficacia y miss Marple invitó a Gladdie a tomar el té con Edna, para hablar seriamente de que procurara no dejar un buen empleo cuando lo encontrara.

El caso de la vieja guardiana

—Bueno —dijo el doctor Haydock a su paciente—. ¿Qué tal se encuentra hoy?

Miss Marple le sonrió beatíficamente desde las almohadas.

—Supongo que estoy mejor —admitió—; pero me siento terriblemente decaída. No puedo dejar de pensar que hubiera sido mucho mejor que hubiese muerto. Después de todo, soy una anciana. Nadie me quiere ni se acuerda de mí.

El doctor Haydock la interrumpió con su habitual brusquedad.

—Sí, sí; la reacción típica después de este tipo de gripe. Lo que usted necesita es algo que la distraiga. Un estímulo intelectual.

Miss Marple sonrió moviendo la cabeza.

—Y lo que es más —continuó el doctor Haydock—. ¡He traído conmigo la medicina!

Y puso un gran sobre encima de la cama.

—Es lo que necesita. La clase de rompecabezas que la pondrá buena.

—¿Un rompecabezas? —Miss Marple parecía interesada.

—Es un pequeño trabajo literario... —dijo el doctor ruborizándose un poco—. Intenté convertirlo en una historia. Él dijo, ella dijo, la chica pensó..., etcétera. Los hechos del relato son ciertos.

—Pero ¿por qué dice que es un rompecabezas? —preguntó miss Marple.

—Porque usted tiene que encontrar la solución. —El doctor sonrió—. Quiero ver si es usted tan inteligente como siempre ha demostrado serlo.

Y dicho esto se despidió.

Miss Marple cogió el manuscrito y comenzó a leer.

—¿Y dónde está la novia? —preguntó miss Harmon en tono jovial.

Todo el pueblo estaba deseoso de ver a la rica y joven esposa que Harry Laxton se había traído del extranjero. La impresión general era que Harry..., un joven malvado e incorregible..., había tenido mucha suerte. Todo el mundo experimentó siempre un sentimiento de indulgencia hacia Harry. Incluso los propietarios de las ventanas víctimas de su tirachinas sintieron disiparse su indignación ante la expresión arrepentida del muchacho. Había roto cristales, robado en los huertos, cazado conejos en los vedados y más tarde contrajo deudas, y se enredó con la hija del estanquero..., pero luego la dejó y fue enviado a África... y el pueblo, representado por varias solteronas maduras, murmuró, indulgente: «¡Ah, bueno! ¡Excesos de juventud! ¡Ya sentará la cabeza!».

Y ahora, el hijo pródigo había vuelto..., no en la desgracia, sino en pleno éxito. Harry Laxton se «hizo bueno». Desarraigó sus vicios, trabajó de firme, y por fin contrajo matrimonio con una jovencita anglofrancesa poseedora de una considerable fortuna.

Harry pudo haber decidido vivir en Londres o comprar una finca en algún condado de caza que estuviera de moda, mas prefirió regresar a aquella parte del país que era un hogar para él. Y del modo más romántico, adquirió las propiedades abandonadas de Dower House donde transcurriera su niñez.

Kingsdean House había permanecido sin alquilar durante cerca de sesenta años, y había caído gradualmente en la decadencia y abandono. Un viejo guardián y su esposa habitaban en un ala de la casa. Era una mansión grandiosa e impresionante, cuyos jardines estaban invadidos por una espesa vegetación entre la que emergían los árboles como seres encantados.

Dower House era una casa agradable y sin pretensiones que durante años tuvo alquilada el mayor Laxton, padre de Harry. De pequeño, el muchacho había vagado por las propiedades de Kingsdean y conocía palmo a palmo los intrincados bosques, y la propia casa, que siempre le fascinó.

Hacía varios años que el mayor Laxton había muerto, y por eso se pensó que Harry ya no tenía lazos que lo atrajeran... y, sin embargo, volvió al hogar de su niñez y llevó a él a su esposa. La vieja y arruinada Kingsdean House fue demolida, y un ejército de contratistas y obreros la reconstruyeron en brevísimo tiempo. La riqueza consigue verdaderas maravillas. Y la nueva casa, blanca y rosa, surgió resplandeciente entre los árboles.

Luego acudió un pelotón de jardineros, a los que siguió una procesión de camiones cargados de muebles.

La casa estaba lista. Llegaron los criados, y por último un lujosísimo automóvil depositó a Harry y a su esposa ante la puerta principal.

Todo el pueblo apresuróse a visitarle, y miss Price, dueña de la mayor casa de la localidad, y que se consideraba la número uno en sociedad, envió tarjetas de invitación para una fiesta «en honor de la novia».

Fue un gran acontecimiento. Varias señoras estrenaron vestidos, y todo el mundo se sentía excitado y curioso, ansiando conocer a aquella criatura fabulosa. ¡Decían que parecía salida de un cuento de hadas!

Miss Harmon, la solterona franca y bonachona, lanzó inmediatamente su pregunta, mientras se abría paso a través del concurrido salón, y miss Brent, otra solterona delgada y amargada, le fue informando.

—¡Oh, querida, es encantadora! Y tan educada y joven. La verdad, una siente envidia al ver a alguien como ella que lo tiene todo: buena presencia, dinero y educación..., es distinguidísima, nada de vulgar... ¡y tiene a Harry tan enamorado...!

—¡Ah! —exclamó miss Harmon—. Llevan muy poco tiempo de casados.

—¡Oh, querida! ¿De veras crees...?

—Los hombres son siempre los mismos. El que ha sido un alegre vividor, lo sigue siendo siempre. Los conozco bien.

—¡Dios mío!, pobrecilla. —Miss Brent parecía mucho más satisfecha.

—Sí, supongo que va a tener trabajo con él. Alguien debiera advertírselo. ¿Sabrá algo de su vida pasada?

—Me parece muy poco digno —dijo miss Brent— que no le haya contado nada. Sobre todo habiendo sólo una farmacia en todo el pueblo.

Puesto que la en otro tiempo hija del estanquero estaba ahora casada con míster Edge, el farmacéutico.

—Sería mucho más agradable —dijo miss Brent— que miss Laxton tratase con Boots en Much Benham.

—Me atrevo a asegurar que el mismo Harry se lo propondrá —repuso miss Harmon, convencida.

Y de nuevo cruzaron una mirada significativa.

—Pero, desde luego, yo creo que ella debiera saberlo —concluyó miss Harmon.

—¡Salvajes! —dijo Clarice Vane indignada, a su tío, el doctor Haydock—. Algunas personas son completamente salvajes.

Él la miraba con curiosidad.

114

Era una muchacha alta, morena, bonita, ardiente e impulsiva. Sus grandes ojos castaños brillaban de indignación al decir:

—Todas esas arpías... diciendo... insinuando cosas...

—¿Sobre Harry Laxton?

—Sí, acerca de su aventura con la hija del estanquero.

—¡Oh, eso...! —El doctor se encogió de hombros—. La mayoría de los hombres han tenido aventuras de esta índole.

—Naturalmente. Y todo ha terminado. Así, ¿por qué volver a ello y sacarlo a relucir al cabo de tantos años? Es como los cuervós, que se ceban en los cadáveres.

—Querida, yo creo que ésa es una simple opinión tuya. Tienen todos tan poco de qué hablar, que tienden a sacar a la luz pasados escándalos. Pero siento curiosidad por saber por qué te preocupa tanto...

Clarice Vane se mordió el labio y se ruborizó, antes de responder con voz velada.

—¡Parecen... tan felices! Me refiero a los Laxton. Son jóvenes y están enamorados, y la vida les sonríe. Aborrezco pensar que puedan destrozar su felicidad con cuchicheos, indirectas y todas esas bestialidades de que son capaces.

—¡Hum! Comprendo.

—Acabo de hablar con él —continuó Clarice—. ¡Es tan feliz y está tan excitado, ansioso y... emocionado... por haber podido realizar su deseo de reconstruir Kingsdean! Parece un niño. Y ella... bien, supongo que no ha hecho nada malo en toda su vida. Siempre ha tenido de todo. Tú la has visto. ¿Qué opinas de ella?

El doctor no respondió. Para otras personas, Louise Laxton podía ser un motivo de envidia. Una niña mimada por la fortuna. A él sólo le trajo a la memoria una canción popular que oyera muchos años atrás: «Pobre niña rica...»

—¡Uf! —Era un suspiro de alivio.

Harry se volvió divertido para mirar a su esposa, mientras se alejaban de la fiesta en su automóvil.

—Querido, ¡qué reunión tan espantosa!

Harry se echó a reír.

—Sí, bastante. No le des importancia, cariño. Ya sabes, tenía que suceder. Todas esas viejas solteronas me conocen desde que era niño, y se hubieran sentido terriblemente decepcionadas de no haber podido contemplarte bien de cerca.

115

Louise hizo una mueca.

—¿Tendremos que tratar a muchas?

—¿Qué? ¡Oh, no!, vendrán a verte, tú les devuelves la visita y ya no necesitas preocuparte más. Puedes tener las amistades que gustes, aquí o donde sea.

Louise preguntó al cabo de un par de minutos:

—¿No hay ningún lugar de diversión por aquí cerca?

—¡Oh, sí! El condado. Aunque es posible que también te parezca algo aburrido. Sólo se interesan por bulbos, perros y caballos. Claro que puedes montar. Eso te distraerá. En Ellington hay un caballo que quiero que veas. Es un animal muy hermoso, perfectamente adiestrado, no tiene el menor vicio y es muy fogoso.

El coche aminoró la marcha para tomar la curva y cruzar la verja de Kingsdean. Harry apretó con fuerza el volante y lanzó un juramento al ver una figura grotesca plantada en medio de la avenida, y que por suerte consiguió esquivar a tiempo. La aparición siguió en el mismo sitio, mostrándole un puño crispado y lanzando maldiciones.

Louise se asió del brazo de Harry.

—¿Quién es esa... esa horrible vieja?

—Es la vieja Murgatroyd. Ella y su marido eran los guardianes de la antigua casa. Vivieron en ella durante cerca de treinta años.

—¿Por qué te ha amenazado con el puño?

Harry se ruborizó.

—Ella..., bueno, está dolida porque he echado abajo la casa. Claro que recibió una indemnización. Su marido murió hace dos años y desde entonces la pobre mujer está algo trastornada.

—¿Está..., está en la miseria?

Las ideas de Louise eran vagas y en cierto modo melodramáticas. Los ricos siempre evitan enfrentarse con la realidad.

—¡Cielo santo, Louise, qué ocurrencia! Yo le otorgué una pensión, naturalmente, y buena. Le busqué nuevo alojamiento y demás.

—¿Entonces por qué obra así? —preguntó Louise, extrañada.

Harry había fruncido el entrecejo.

—¡Oh!, ¿cómo voy a saberlo? ¡Locuras! Adoraba aquella casa.

—Pero era una ruina, ¿verdad?

—Claro que sí..., se estaba cayendo..., el tejado se hundía..., era peligroso. De todas maneras supongo que significaba algo para ella. ¡Había vivido tanto tiempo aquí...! ¡Oh, no lo sé! Creo que debe estar loca.

—Creo... que nos ha maldecido —dijo Louise inquieta—. Oh, Harry, ojalá no lo hubiera hecho.

A Louise le parecía que su nueva casa estaba envenenada por la figura malévola de aquella vieja loca. Cuando salía en su automóvil, montaba a caballo, paseaba con los perros, siempre encontraba a aquella mujer esperándola. Encorvada, con un astroso sombrero sobre sus greñas grises, y murmurando su letanía de imprecaciones.

Louise había llegado a creer que Harry tenía razón... que la vieja estaba loca. Sin embargo, aquel estado de cosas la contrariaba. La señora Murgatroyd nunca iba a la casa, ni amenazaba concretamente. El recurrir a la policía hubiera sido inútil, y Harry Laxton era contrario a emplear ese medio, ya que, según él, aquello habría de despertar las simpatías del pueblo hacia la vieja. Tomó aquel asunto con mucha más tranquilidad que Louise.

—No te preocupes, cariño. Ya se cansará de estas tonterías. Probablemente sólo quiere poner a prueba nuestra paciencia.

—No, Harry. Nos... ¡nos odia! Me doy cuenta. Y nos maldice.

—No es una bruja, querida, aunque lo parezca. No te tortures por una cosa así.

Louise guardaba silencio. Ahora que se había disipado el ajetreo de la instalación, sentíase muy sola, y como en un lugar perdido... Ella estaba acostumbrada a vivir en Londres y la Riviera, y no conocía ni apreciaba la vida en el campo. Ignoraba todo lo referente a jardinería, excepto el capítulo final: «El arreglo de las flores». No le gustaban los perros, y le molestaban sus vecinos. Cuando más disfrutaba era montando a caballo, algunas veces con Harry, y otras, sola, si él estaba ocupado por la finca. Galopaba por los bosques y prados, disfrutando de aquel bello paisaje y del hermoso caballo que Harry le había comprado. Incluso *Príncipe Hall*, que era un corcel castaño muy sensible, acostumbraba a encabritarse y relinchar cuando pasaba con su ama ante la figura siniestra de la vieja encorvada.

Un día Louise se armó de valor. Había salido de paseo, y al pasar ante la señora Murgatroyd, hizo como que no la veía, pero de pronto dando media vuelta fue derecha hacia ella y le preguntó casi sin aliento:

—¿Qué le ocurre? ¿Qué es lo que pasa? ¿Qué es lo que quiere?

La anciana parpadeó. Tenía un rostro agitanado y moreno, con mechones de cabellos grises, como alambres, y ojos legañosos y de mirar inquieto. Louise se preguntó si bebería.

Habló con voz plañidera y no obstante amenazadora.

—¿Pregunta qué es lo que quiero? ¡Vaya! Pues lo que me han arrebatado. ¿Quién me arrojó de Kingsdean House? Yo viví en ella durante cerca de cuarenta años. Fue una mala jugada sacarme de allí y eso les traerá mala suerte a usted y a él.

—Pero tiene usted una casita muy bonita y...

La vieja le interrumpió alzando los brazos, y gritó:

—¿Y eso a mí qué me importa? Es mi casa lo que quiero, y mi chimenea junto a la que me he sentado durante tantos años. Y en cuanto a usted y él, le digo que no encontrarán felicidad en la nueva casa. ¡La tristeza más negra pesará sobre ustedes! Tristeza, muerte y mi maldición. ¡Ojalá se coman los gusanos su hermoso rostro!

Louise puso su caballo al galope mientras pensaba:

«¡Tengo que marcharme de aquí! ¡Debemos vender la casa y salir de aquí!»

Y en aquel momento la solución le pareció muy fácil, pero Harry la desconcertó por completo al decirle:

—¿Marcharnos? ¿Vender la casa... por las amenazas de una vieja loca? Debes haber perdido el juicio.

—No, no lo he perdido..., pero ella..., ella me asusta. Sé que va a ocurrir algo.

Harry Laxton repuso, ceñudo:

—Deja a la señora Murgatroyd en mis manos. ¡Yo lo arreglaré!

Una buena amistad se había ido desarrollando entre Clarice Vane y mistress Laxton. Las dos muchachas eran aproximadamente de la misma edad, aunque muy distintas en sus gustos y maneras de ser. En compañía de Clarice, Louise conseguía tranquilizarse. Clarice era tan competente, parecía tan segura de sí misma, que Louise le contó lo de la señora Murgatroyd y sus amenazas, pero su amiga no pareció considerar aquel asunto más molesto que otras cosas.

—Es una tontería —le dijo—. Aunque, la verdad, debe resultar muy enojoso para ti.

—¿Sabes, Clarice? Algunas veces me siento verdaderamente asustada, y mi corazón late a una velocidad terrible.

—¡Ah, tonta!, no debes consentir que te deprima una cosa así. Pronto se cansará esa vieja y os dejará en paz.

Luise guardó silencio durante unos minutos y Clarice le preguntó:

—¿Qué te ocurre?

118

Louise tardó en contestar, y su respuesta fue como un desahogo.

—¡Aborrezco este lugar! ¡Odio vivir aquí! Los bosques y la casa, el horrible silencio que reina por las noches y el extraño grito de las lechuzas. Oh, y la gente y todo.

—La gente. ¿Qué gente?

—La gente del pueblo. Esas solteronas chismosas que todo lo fiscalizan.

—¿Qué es lo que han estado diciendo? —quiso saber Clarice.

—No lo sé. Nada de particular. Pero tienen una mentalidad mezquina. Cuando se habla con ellas se comprende que no hay que confiar en nadie…, en nadie en absoluto.

—Olvídalas —dijo Clarice apresuradamente—. No tienen otra cosa que hacer sino chismorrear. Y todo o casi todo lo que dicen lo inventan.

—Ojalá no hubiera venido nunca a este sitio. Pero a Harry le gusta tanto… —su voz se dulcificó haciendo que Clarice pensara: «¡Cómo le adora!».

—Debo marcharme ya —dijo de repente.

—Haré que te acompañen en el coche. Vuelve pronto.

Louise se sintió consolada con la visita de su amiga. Harry se mostró satisfecho al encontrarla más contenta y desde entonces la animó para que invitara a Clarice más a menudo.

Un día le dijo:

—Tengo buenas noticias para ti, querida.

—Oh, ¿de qué se trata?

—Me he librado de la Murgatroyd. Tiene un hijo en América y lo he arreglado todo para que vaya a reunirse con él. Le pagaré el pasaje.

—¡Oh, Harry, cuánto me alegro! Creo que, después de todo, es muy posible que llegue a gustarme Kingsdean.

—¿Que llegue a gustarte? ¡Pero si es el lugar más maravilloso del mundo!

Louise se estremeció ligeramente. No podía librarse tan fácilmente de su temor supersticioso.

Si las damas de Saint Mary Mead habían esperado disfrutar del placer de informar a la novia sobre el pasado de su marido, vieron frustradas sus esperanzas a causa de la rápida intervención de Harry Laxton.

Miss Harmon y Clarice Vane se hallaban en la tienda del señor Edge, la una comprando bolas de naftalina y la otra un paquete de bicarbonato, cuando entraron Harry Laxton y su esposa.

Tras saludar a las dos mujeres, Harry se dirigió al mostrador para pedir un cepillo de dientes. De pronto se interrumpió a media frase exclamando calurosamente:

—¡Vaya, vaya, miren quién está aquí! Yo diría que es Bella.

Mistress Edge, que acababa de salir de la trastienda para atender a la clientela, le sonrió alegremente mostrando su blanca dentadura. Había sido una joven morena muy hermosa, y aún resultaba una mujer atractiva, a pesar de haber engordado. Sus grandes ojos castaños estaban llenos de expresión al responder:

—Sí, soy Bella, míster Harry, y estoy muy contenta de volver a verle, después de tantos años.

Harry volvióse a su mujer.

—Bella es una antigua pasión mía, Louise —le dijo—. Estuve locamente enamorado de ella mucho tiempo, ¿no es cierto, Bella?

—Eso es lo que usted decía —repuso mistress Edge.

Louise, riendo, exclamó:

—Mi esposo se siente muy feliz al volver a ver a todas sus viejas amistades.

—¡Ah! —continuó mistress Edge—, no nos hemos olvidado de míster Harry. Parece un cuento de hadas el que se haya casado y construido una nueva casa sobre las ruinas de Kingsdean House.

—Tiene usted muy buen aspecto y está muy guapa —dijo Harry, haciendo reír a mistress Edge, quien le preguntó cómo deseaba el cepillo de dientes.

Clarice, viendo la mirada contrariada de miss Harmon, pensó: «¡Bien hecho, Harry! Has descargado sus escopetas».

El doctor Haydock decía a su sobrina con rudeza:

—¿Qué son esas tonterías que circulan acerca de la vieja Murgatroyd... que si amenaza con el puño... que si maldice al nuevo régimen...?

—No son tonterías. Es bien cierto. Y esto molesta bastante a Louise.

—Dile que no necesita tomarlo así. Cuando los Murgatroyd eran los guardianes de Kingsdean House no cesaban de quejarse ni un minuto. Y sólo se quedaron allí porque Murgatroyd bebía y no era capaz de encontrar otro empleo.

—Se lo diré —replicó Clarice—, pero me parece que no va a creerme. Esa vieja está loca de rabia.

—No lo comprendo. Quería mucho a Harry cuando éste era pequeño.

—¡Oh, bueno! —repuso Clarice—. Pronto nos libraremos de ella. Harry le paga el pasaje para América.

Tres días más tarde, Louise cayó del caballo que montaba y murió.

Dos hombres que repartían el pan con un carretón fueron los testigos del accidente. Vieron a Louise cruzar la verja, y a la vieja que aguardaba fuera amenazándola con el puño y gritando. El caballo se encabritó, y luego lanzóse al galope desenfrenado por el camino, arrojando a la amazona por encima de las orejas.

Uno de los panaderos quedó junto a la figura inanimada sin saber qué hacer, mientras su compañero se dirigía a la casa en busca de auxilio.

Harry Laxton salió a todo correr, con el rostro descompuesto. La colocaron en el carretón para llevarla hasta la casa, donde murió sin recobrar el conocimiento y antes de que llegara el médico.

(Fin del manuscrito del doctor Haydock.)

Cuando al día siguiente llegó el doctor Haydock, notó con satisfacción que las mejillas de miss Marple tenían un tono rosado; estaba mucho más animada.

—Bueno —le dijo—, ¿cuál es su veredicto?

—¿Y cuál es el problema? —replicó miss Marple.

—Oh, mi querida señora, ¿es que tengo que decírselo?

—Supongo que se trata de la extraña conducta de la vieja guardiana. ¿Por qué se comportaría de aquella manera? A le gente le duele verse arrojada de su hogar, pero aquélla no era su propia casa... y solía lamentarse y refunfuñar cuando vivía en ella. Sí, desde luego, resulta muy curioso. A propósito, ¿qué fue de la vieja?

—Se largó a Liverpool. El accidente la asustó. Se cree que allí esperaría su barco.

—Todo muy conveniente... para alguien —repuso miss Marple—. Sí; creo que el misterio de la conducta de la guardiana puede ser resuelto fácilmente. Soborno, ¿no fue así?

—¿Cuál es su solución?

—Pues si no era natural en ella comportarse de aquel modo, debía de estar «representando una comedia», como suele decirse, y eso significa que alguien le pagó para que lo hiciera.

—¿Y sabe usted quién fue ese alguien?

—Oh, me parece que sí. Me temo que también esta vez el móvil ha sido el dinero. He observado que los hombres siempre, salvo excepciones, tienden a admirar el mismo tipo de mujer.

121

—No la comprendo.

—Todo coincide. Harry Laxton admiraba a Bella Edge morena y vivaracha. La sobrina de usted, Clarice, pertenece al mismo tipo. Y la pobrecita esposa de Laxton era completamente distinta..., rubia y dulce..., opuesta a su ideal. De modo que debió casarse con ella por su dinero, y la asesinó... por lo mismo.

—¿Ha dicho usted la asesinó?

—Me parece un tipo capaz de una cosa así. Atractivo para las mujeres y sin escrúpulos. Me imagino que quiso conservar el dinero de su esposa y luego casarse con la sobrina de usted. Es posible que le vieran hablando con mistress Edge, pero yo no creo que le interesara ya..., aunque me atrevo a decir que pudo darle a entender que sí para sus fines. Supongo que no le costaría dominarla.

—¿Y cómo la mató, según usted?

Miss Marple estuvo mirando al vacío durante algunos segundos con sus soñadores ojos azules.

—Estuvo muy bien tramado... con el testimonio, además, de los repartidores del pan. Ellos vieron a la vieja, y claro, el susto del caballo, pero yo me imagino que con cualquier cosa..., tal vez un tirachinas..., solía tener mucha puntería con el tirachinas. Sí, pudo dispararle en el preciso momento que cruzaba la verja. Naturalmente, el caballo se encabritó arrojando de la silla a mistress Laxton.

Se interrumpió con el ceño fruncido.

—La caída pudo matarla, pero Laxton no podía tener la seguridad absoluta de ello y, al parecer, es de esos hombres que trazan sus planes con todo cuidado, sin dejar ningún cabo suelto. Al fin y al cabo, mistress Edge podría proporcionarle algo a propósito sin que se enterara su marido. Sí; creo que Harry debió de tener a mano alguna droga poderosa, para administrársela antes de que usted llegara. Después de todo, si una mujer se cae del caballo sufriendo graves heridas y luego fallece sin recobrar el conocimiento, bueno... cualquier médico no vería en ello nada anormal, ¿no es cierto? Lo atribuiría al golpe.

El doctor Haydock asintió con la cabeza.

—¿Por qué sospechó usted? —quiso saber miss Marple.

—No fue debido a mi clarividencia —contestó el doctor Haydock—, sino al hecho tan sabido de que el asesino se halla tan satisfecho de su inteligencia que no toma las precauciones debidas. Cuando yo dirigía unas frases de consuelo al atribulado esposo, éste se arrojó sobre el sofá para representar mejor su comedia y se le cayó del bolsillo una jeringuilla hipodérmica. Apresuróse a recogerla con tal expresión de susto que comencé a hacer cábalas. Harry Laxton no tomaba drogas, gozaba de perfecta salud. ¿Qué es lo que estaba haciendo con una jeringa de poner inyecciones? Practiqué la autopsia... y encontré estrofanto. Lo demás fue sencillo. Encontramos estrofanto en la casa de Laxton, y Bella Edge, interrogada por la policía, confesó habérselo proporcionado. Y por fin la vieja señora Murgatroyd admitió que Harry Laxton la había instigado a representar la comedia de las amenazas.

—¿Qué tal lo ha soportado su sobrina?

—Pues bastante bien. Se sentía atraída por ese sujeto, pero no había llegado más lejos.

El médico recogió su manuscrito.

—Muchísimas gracias, miss Marple..., y démelas a mí por mi receta. Ahora ya vuelve usted a ser la misma de antes.

Detectives aficionados

El diminuto míster Satterthwaite miraba pensativo a su anfitrión. La amistad entre aquellos dos hombres era bien curiosa. El coronel era un sencillo campesino cuya única pasión la constituía el deporte. Las pocas semanas que se veía obligado a vivir en Londres, las pasaba muy a disgusto. Míster Satterthwaite, en cambio, era un pájaro de cuidado, una autoridad en cocina francesa, vestidos femeninos y conocía todos los escándalos más recientes. Su afición predilecta era el estudio de la naturaleza humana, y era un experto en su especialidad... de espectador de la vida.

Por lo tanto, y al parecer, el coronel Melrose y su amigo diferían bastante, ya que el coronel no se interesaba por los asuntos de sus semejantes, y sentía verdadero horror por toda clase de emociones. Eran amigos principalmente porque ya sus padres lo habían sido. Además conocían a las mismas personas, y sus opiniones acerca de los *nouveaux riches* eran retrógradas.

Eran casi las siete y media. Los dos hombres se hallaban sentados en el cómodo despacho del coronel, quien refería, con el entusiasmo de todo cazador, una batida a caballo que se corrió el invierno anterior. Míster Satterthwaite, cuyos únicos conocimientos sobre equinos consistían en las visitas a las cuadras, los domingos por la mañana, como es costumbre en las antiguas casas de campo, le escuchaba con su cortesía habitual.

El timbre del teléfono interrumpió a Melrose. Se dirigió a la mesa y se dispuso a contestar a la llamada.

—Diga, sí... Habla el coronel Melrose. ¿Qué dice usted?

Su aspecto cambió... haciéndose más seco y envarado. Ahora hablaba el magistrado, no el deportista.

Escuchó unos momentos y al cabo dijo, lacónico:

—Está bien, Curtis. Iré en seguida.

Dejó el teléfono en la horquilla y se volvió hacia su invitado.

—Su James Dwighton ha sido encontrado asesinado en su biblioteca.

—¿Qué?

Satterthwaite estaba sorprendido... emocionado.

—Debo ir a Alderway en seguida. ¿Quiere usted venir conmigo?

124

Míster Satterthwaite recordó entonces que el coronel era jefe de policía del condado.

—Si no he de estorbarle…

—En absoluto. Era el inspector Curtis quien ha telefoneado. Es un individuo honrado y muy buena persona, pero no demasiado listo. Celebraré que me acompañe, Satterthwaite. Tengo la impresión de que va a resultar un asunto poco agradable.

—¿Han atrapado al culpable?

—No —repuso Melrose bruscamente.

Míster Satterthwaite percibió una ligera reserva en lo tajante de su negativa, y trató de recordar todo lo que sabía de los Dwighton.

El difunto sir James fue un anciano orgulloso de ademanes bruscos. Un hombre que debió crearse enemigos muy fácilmente… frisaba en los sesenta…, tenía los cabellos grises, el rostro sonrosado… y fama de ser muy tacaño. Luego pensó en lady Dwighton. Su imagen apareció en su mente, joven, esbelta y aureolada por sus cabellos cobrizos. Recordó asimismo varios rumores, insinuaciones, ciertos comentarios. De modo que era por eso… por lo que Melrose parecía tan malhumorado. Se rehizo… se estaba dejando llevar un tanto por su imaginación.

Cinco minutos después míster Satterthwaite tomaba asiento junto a su anfitrión en el dos plazas de este último.

El coronel era un hombre taciturno. Habían recorrido una milla y media antes de que hablara.

—Supongo que usted les conoce —dijo de repente.

—¿A los Dwighton? Claro que los conozco. A él creo que le vi una vez, a ella muy a menudo.

—¿Es que existía acaso alguien que él no conociera?

—Una mujer muy bonita —dijo Melrose.

—¡Hermosísima…! —rectificó míster Satterthwaite.

—¿Usted cree?

—Un tipo netamente renacentista —declaró Satterthwaite acalorándose por el tema—. La primavera pasada actuó en una de sus funciones benéficas… *matinées*, ya sabe, y me sorprendió muchísimo. No tiene nada de moderna… es una pura reliquia. Se la puede imaginar en el palacio Doge, o como Lucrecia Borgia.

El coronel hizo un viraje repentino y míster Satterthwaite tuvo que interrumpirse bruscamente. Se preguntaba qué fatalidad había puesto el nombre de Lucrecia Borgia en su boca. En aquellas circunstancias…

—Dwighton no habrá sido envenenado, ¿verdad? —preguntó de improviso.

Melrose le miró de soslayo con cierta curiosidad.

—Quisiera saber por qué lo pregunta —le dijo.

—¡Oh, no… no lo sé! Se me acaba de ocurrir.

—Pues no —replicó Melrose—. Si es que quiere saberlo, le diré que le golpearon en el cráneo.

—Con un objeto contundente —murmuró Satterthwaite moviendo la cabeza.

—No hable como los detectives de las novelas, Satterthwaite. Le dieron en la cabeza con una figura de bronce.

—¡Oh! —exclamó Satterthwaite, y volvió a guardar silencio.

—¿Sabe algo de un sujeto llamado Paul Delangua? —preguntó Melrose al cabo de unos minutos.

—Sí. Es un joven bien parecido.

—Eso creo que deben pensar las mujeres —gruñó el coronel.

—¿No es de su agrado?

—No.

—Pues yo hubiera supuesto lo contrario. Monta muy bien.

—Como el forastero en los rodeos. Está lleno de trucos y monerías.

Míster Satterthwaite contuvo una sonrisa. El pobre Melrose era tan británico en sus puntos de vista… en cambio él, consciente de los suyos tan cosmopolitas, deploraba su actitud ante la vida.

—¿Ha estado por aquí? —preguntó.

—Estuvo en Alderway con los Dwighton. Corren rumores de que sir James le despidió hace una semana.

—¿Por qué?

—Le encontró cortejando a su mujer me figuro. ¿Qué día…? Frenó violentamente, pero no consiguió evitar el choque.

—Hay cruces muy peligrosos en Inglaterra —dijo Melrose—. De todas maneras, ese tipo debió haber tocado el claxon. Nosotros vamos por la carretera principal. Me imagino que le habremos hecho más daño nosotros a él que él a nosotros.

Saltó al suelo. Un hombre se apeaba también del otro vehículo. Varios fragmentos de conversación llegaron hasta Satterthwaite.

—Creo que ha sido culpa mía —decía el desconocido—. Pero no conozco muy bien esta parte del país, y no hay ninguna señal que advierta que por aquí se sale a la carretera principal.

El coronel, apaciguado, le contestó en el mismo tono amistoso. Los dos se inclinaron sobre el automóvil del desconocido para examinarlo en compañía del chofer. La conversación giró sobre temas técnicos.

—Será cosa de media hora —dijo el desconocido—. Pero no

quiero entretenerle. Celebro que su coche no haya sufrido ningún desperfecto.

—A decir verdad... —comenzó el coronel, pero tuvo que interrumpirse.

Míster Satterthwaite, con gran excitación, se apeó con la agilidad de un pájaro y tendió calurosamente su mano al desconocido.

—¡Es usted! Creí reconocer su voz —declaró excitado—. ¡Qué casualidad! ¡Qué extraordinaria casualidad!

—¿Eh? —exclamó el coronel Melrose.

—Míster Harley Quin. Melrose, estoy seguro de que me ha oído hablar muchas veces de míster Quin.

El coronel Melrose no pareció recordarlo, pero contempló la escena mientras su amigo seguía charlando.

—No le he visto... desde... déjeme pensar...

—Desde la noche aquella, en las Campanillas de Arlequín —repuso el otro tranquilamente.

—¿Las Campanillas de Arlequín? —se extrañó el coronel.

—Es una taberna —explicó míster Satterthwaite.

—¡Qué nombre tan curioso para una taberna!

—Es una muy antigua —replicó el míster Quin—. Recuerdo que hubo un tiempo en que las Campanillas de Arlequín eran más corrientes que ahora en Inglaterra.

—Supongo que sí; sin duda, tiene usted razón —le contestó Melrose.

Parpadeó. Por un curioso efecto de luz... debido a los faros de uno de los coches y las luces rojas posteriores del otro... míster Quin parecía estar vestido como Arlequín. Pero era sólo un efecto de la luz.

—No podemos dejarle abandonado en medio de la carretera —continuó míster Satterthwaite—. Véngase con nosotros. Hay sitio de sobra para tres, ¿no es cierto, Melrose?

—¡Oh, desde luego!

Pero la voz del coronel no demostraba el menor entusiasmo.

—El único inconveniente es nuestro destino, ¿verdad, Satterthwaite?

El aludido se quedó de una pieza. Las ideas acudían rápidamente a su cerebro.

—¡No, no! —exclamó—. ¡Debí de haberlo adivinado! No ha sido una casualidad el encontrarnos esta noche en este cruce con míster Quin.

El coronel Melrose miraba boquiabierto a su amigo, que lo cogió del brazo.

—¿Recuerda lo que le conté... de nuestro amigo Derek Capel, sobre el motivo de su suicidio, que nadie podía poner en claro? Fue míster Quin quien resolvió este problema... igual que muchos otros. Sabe ver cosas que están ahí, pero que no se ven. Es maravilloso.

—Mi querido Satterthwaite, me está usted azorando —dijo míster Quin, sonriendo—. Recuerdo que esos descubrimientos los realizó usted, y no yo.

—Se realizaron porque usted estaba allí —repuso Satterthwaite con gran convencimiento.

—Bueno —dijo el coronel Melrose, aclarando su garganta—. No debemos perder más tiempo. Vamos.

Se situó ante el volante. No le agradaba demasiado el entusiasmo que demostraba Satterthwaite por aquel desconocido, pero como no podía objetar nada, su deseo era llegar cuanto antes a Alderway.

Míster Satterthwaite hizo sentarse a su amigo en el centro y él se situó junto a la ventanilla. El automóvil era bastante ancho, y los tres cabían sin grandes apreturas.

—¿De modo que le interesan los crímenes, míster Quin? —preguntó el coronel, tratando de hacerse simpático.

—No; precisamente los crímenes, no.

—¿Qué, entonces?

—Preguntemos a míster Satterthwaite. ¡Es tan buen observador! —repuso míster Quin con una sonrisa.

—Puedo estar equivocado —replicó Satterthwaite—; pero creo que míster Quin se interesa por los... amantes.

Se ruborizó al decir la última palabra, que ningún inglés pronuncia sin tener plena conciencia de ella. Satterthwaite la dejó brotar de sus labios disculpándose y como entre comillas.

—¡Cielos! —exclamó el coronel.

Aquel amigo de Satterthwaite parecía bastante extraño. Le miró de reojo. Su aspecto era normal... un joven algo moreno, pero sin parecer extranjero.

—Y ahora —dijo Satterthwaite dándose importancia—, debo contarle todo el caso.

Estuvo hablando durante diez minutos. Allí, sentado en la penumbra y corriendo a través de la noche, sintió una enervante sensación de poder. ¿Qué importaba que sólo fuera un simple espectador de la vida? Tenía palabras, era dueño de ellas, era capaz de formar con ellas un relato... un relato extraño y renacentista, en el que la protagonista era la bella Laura Dwighton, con sus blancos brazos y cabellos de fuego..., y la sombría figura de Paul Delangua, a quienes las mujeres encontraban atractivo.

Todo ello en el escenario de Alderway... Alderway, que se alzaba desde los tiempos de Enrique VII; según algunos, desde antes. Alderway, con sus setos recortados, su granero, y el vivero donde los monjes criaban carpas para la abstinencia de los viernes.

Con pocas frases bien dichas definió a sir James, un Dwighton auténtico descendiente del viejo De Vittons, que tiempo atrás había sacado mucho dinero de la tierra y lo había guardado en cofres de madera, así que cuando llegaron las malas épocas y todos se arruinaron, los dueños de Alderway no sufrieron pobreza.

Por fin, míster Satterthwaite dejó de hablar. Se sentía seguro de la atención de sus oyentes, y aguardó las palabras de elogio, que no se hicieron esperar demasiado.

—Es usted un artista, míster Satterthwaite.

—Lo he hecho lo mejor que sé. —El hombrecillo se mostraba humilde de repente.

Hacía varios minutos que habían dejado atrás la verja de la finca. Ahora el coche se detuvo ante la entrada y un agente de policía bajó a toda prisa los es calones para recibirles.

—Buenas noches, señor. El inspector Curtis está en la biblioteca.

—Muy bien.

Melrose subió la escalinata seguido de los otros dos. Cuando los tres hombres cruzaban el amplio vestíbulo, un anciano mayordomo asomó la cabeza por una de las puertas, con ademán receloso. Melrose le saludó.

—Buenas noches, Miles. Es un asunto muy desagradable.

—¡Y tanto, señor! —repuso el aludido—. Apenas puedo creerlo, se lo aseguro. ¡Pensar que alguien haya podido golpear así a mi amo...!

—Sí, sí —repuso Melrose, atajándole—. Luego hablaré con usted.

Penetró en la biblioteca, donde un inspector robusto y de aspecto marcial le saludó con respeto.

—Es muy desagradable, señor. No he tocado nada. No hemos encontrado huellas en el arma. Quienquiera que haya sido, sabía lo que se hacía.

Míster Satterthwaite miró el cuerpo yacente sobre la mesa escritorio, y se apresuró a desviar la vista. Le habían golpeado desde atrás con tal fuerza que le habían partido el cráneo. La visión no era agradable...

El arma homicida estaba en el suelo... una figura de bronce de unos pies de altura, con la base manchada y húmeda. Míster Satterthwaite se inclinó sobre ella con verdadera curiosidad.

—¡Una Venus! —dijo en tono bajo—. ¡De modo que ha sido derribado por Venus!

Y encontró muy poética su reflexión.

—Las ventanas estaban todas cerradas y con los pestillos corridos por el interior —dijo el inspector.

Hizo una pausa significativa.

—Eso reduce los sospechosos a los habitantes de la casa —repuso el jefe de la policía, de mala gana—. Bueno..., bueno; ya veremos.

El cadáver aparecía vestido con pantalones bombachos, y junto al sofá estaba apoyado un saco lleno de palos de golf.

—Acababa de llegar del campo de golf —explicó el inspector, siguiendo la mirada del jefe de policía—. Eso fue a las cinco y cuarto. El mayordomo le trajo el té. Más tarde llamó a su ayuda de cámara para que le trajera las zapatillas. Por lo que sabemos, el *valet* fue la última persona que le vio con vida.

Melrose asintió y volvió a dedicar su atención a la mesa escritorio.

Muchos de los accesorios que había sobre ella habían sido volcados o rotos, y entre todos resaltaba un gran reloj de esmalte oscuro caído sobre uno de sus lados en el mismo centro de la mesa.

El inspector carraspeó.

—Eso sí que puede llamarse suerte, señor —dijo—. Como usted ve, está parado a las *seis y media*. Eso nos da la hora del crimen. Muy conveniente.

El coronel no dejaba de mirar el reloj.

—¡Muy conveniente, como usted dice! —observó—. ¡Demasiado! No me gusta esto, inspector.

Miró a los otros dos. Sus ojos buscaron los de míster Quin.

—¡Maldita sea! —exclamó—. Está demasiado claro. Ya sabe usted a qué me refiero. Las cosas no suceden así.

—¿Se refiere a que los relojes no caen de este modo? —murmuró míster Quin.

Melrose le miró unos instantes, y luego al reloj, que tenía el aspecto patético e inocente de los objetos conscientes de su importancia. Con sumo cuidado el coronel Melrose volvió a colocarlo sobre sus patas, y dio a la mesa un violento empujón. El reloj se tambaleó sin llegar a caer. Melrose repitió la embestida, y con cierta descarga y muy lentamente el reloj cayó al fin hacia atrás.

—¿A qué hora descubrieron el crimen? —quiso saber Melrose.

—A eso de las siete, señor.

—¿Quién lo descubrió?

—El mayordomo.

—Vaya a buscarle —ordenó el jefe de policía—. Le veré ahora. A propósito, ¿dónde está lady Dwighton?

—Se ha acostado, señor. Su doncella dice que está muy postrada y que no puede ver a nadie.

Melrose asintió con una inclinación de cabeza y Curtis fue en busca del mayordomo. Míster Quin contemplaba pensativo la chimenea, y míster Satterthwaite siguió su ejemplo. Estuvo mirando los humeantes troncos durante un par de minutos, hasta que sus ojos percibieron algo que brillaba en el hogar. Inclinándose, recogió un trocito de cristal curvado.

—¿Deseaba verme, señor?

Era la voz del mayordomo, todavía temblorosa y vacilante. Míster Satterthwaite deslizó el pedazo de cristal en un bolsillo de su chaleco y se volvió.

El anciano se hallaba de pie junto a la puerta.

—Siéntese —le indicó el jefe de policía con toda amabilidad—. Está usted temblando. Supongo que debe de haber sido un golpe para usted.

—Desde luego, señor.

—Bien, no le entretendré mucho. Creo que su amo entró aquí después de la cinco.

—Sí, señor. Me ordenó que le trajera el té a la biblioteca. Después, cuando vine a retirar el servicio, me pidió que enviara a Jennings... es su ayuda de cámara, señor, desde hace tiempo.

—¿Qué hora era?

—Pues... las seis y diez, señor.

—Sí... ¿y luego?

—Le pasé el recado a Jennings, señor. Y a las siete vine a cerrar las ventanas y a correr las cortinas. Entonces vi que...

Melrose le interrumpió.

—Sí, sí, no necesita repetirlo. ¿No tocaría usted el cuerpo o cualquier otra cosa?

—¡Oh! No, desde luego que no, señor. Fui lo más de prisa que pude hasta el teléfono para llamar a la policía.

—¿Y luego?

—Le dije a Jenny... es la doncella de la señora..., que fuera a comunicárselo a la señora.

—¿No ha visto a la señora en toda la tarde?

El coronel Melrose hizo la pregunta como al azar, pero míster Satterthwaite adivinó la ansiedad que escondían sus palabras.

—No, señor. La señora ha permanecido en sus habitaciones desde que ocurrió la tragedia.

—¿La vio usted antes?

Todos pudieron observar la vacilación del mayordomo antes de contestar.

—Pues... pues yo... la vi un momento bajando la escalera.

—¿Entró en su habitación?

Míster Satterthwaite contuvo la respiración.

—Creo... creo que sí, señor.

—¿A qué hora fue eso?

Podría haberse oído caer un alfiler. ¿Conocía aquel anciano la importancia de su respuesta?, se preguntaba míster Satterthwaite.

—Serían cerca de las seis y media.

El coronel Melrose aspiró el aire con firmeza.

—Eso es todo, gracias. Envíenos a Jennings, el ayuda de cámara, ¿quiere?

Jennings acudió prontamente. Era un hombre de rostro alargado, andar felino y cierto aire astuto y misterioso.

Un hombre, pensó míster Satterthwaite, capaz de asesinar a su amo y de tener la completa seguridad de no ser descubierto.

Escuchó ávidamente las respuestas que daba a las preguntas del coronel Melrose; pero su historia era bien clara. Había bajado a su amo unas zapatillas cómodas y se había llevado sus zapatos.

—¿Qué hizo usted después, Jennings?

—Volví a la habitación de los criados, señor...

—¿A qué hora dejó a su amo?

—Debían de ser poco más de las seis y cuarto, señor...

—¿Donde estaba usted a las seis y media, Jennings?

—En la habitación de los criados, señor.

El coronel Melrose le despidió con un ademán y miró a Curtis con gesto interrogador.

—Es cierto, señor. Lo he comprobado. Estuvo en la habitación de servicio desde las seis y veinte hasta las siete.

—Eso le deja al margen —dijo el jefe de policía con cierta contrariedad—. Además, no tiene motivos.

Se miraron.

Llamaban a la puerta.

—¡Adelante! —invitó el coronel.

Apareció una doncella muy asustada.

—Si me lo permite. La señora ha oído que el coronel Melrose estaba aquí y quisiera verle.

—Desde luego —replicó Melrose—. Iré en seguida. ¿Quiere mostrarme el camino?

En aquel momento una mano apartó a un lado a la muchacha. Una figura completamente distinta apareció en el umbral de la puerta. Laura Dwighton parecía un ser de otro mundo.

Iba vestida con un traje de tarde de brocado color azul. Sus cabellos cobrizos partidos sobre la frente le cubrían las orejas. Consciente de su estilo, lady Dwighton nunca consintió en cortárselo y lo llevaba sencillamente recogido en la nuca, y los brazos al descubierto.

Con uno de ellos se apoyaba en el marco de la puerta y el otro pendía junto a su cuerpo, sujetando un libro. «Parecía», pensó Satterthwaite, «una Madona de tela del arte primitivo italiano.»

El coronel Melrose se acercó a ella.

—He venido a decirle... a decirle...

Su voz era rica y bien modulada. Míster Satterthwaite estaba tan absorto en el dramatismo de la escena que había olvidado su realidad.

—Por favor, lady Dwighton...

Melrose extendió un brazo para sostenerla y la acompañó hasta una pequeña antesala contigua, cuyas paredes estaban forradas de seda descolorida. Quin y Satterthwaite les siguieron. Ella se dejó caer en una otomana, recostándose sobre un almohadón, con los párpados cerrados. Los tres la observaron. De pronto, abrió mucho los ojos y se incorporó hablando muy de prisa.

—*¡Yo lo maté!* Eso es lo que vine a decirle. *¡Yo le he matado!*

Hubo un silencio angustioso. El corazón de míster Satterthwaite se olvidó de latir.

—Lady Dwighton —atajó Melrose—, ha sufrido usted un rudo golpe... está alterado. No creo que se dé cuenta de lo que dice.

¿Se volvería atrás ahora... mientras estaba a tiempo?

—Sé perfectamente lo que digo. Fui yo quien disparó.

Dos de los presentes lanzaron una exclamación ahogada. El tercero no hizo el menor ruido. Laura Dwighton inclinóse todavía más hacía delante.

—¿No lo comprenden? Bajé y disparé.

El libro que llevaba en la mano cayó al suelo, y de su interior saltó un cortapapeles en forma de puñal con una empuñadura cincelada. Satterthwaite lo recogió mecánicamente, depositándolo sobre la mesa, mientras pensaba: «Es un juguete peligroso. Con esto se podría matar a un hombre».

—Bueno… —la voz de Laura Dwighton denotaba impaciencia—, ¿qué es lo que van a hacer? ¿Arrestarme? ¿Llevarme de aquí?

El coronel Melrose encontró al fin su voz, con cierta dificultad.

—Lo que acaba de decirme es muy serio, lady Dwighton. Debo rogarle que permanezca en sus habitaciones hasta que… haga los arreglos pertinentes.

Ella se puso en pie tras asentir con una inclinación de cabeza. Parecía, a la sazón, muy dueña de sí, grave y fría.

Cuando se dirigía a la puerta, míster Quin le preguntó:

—¿Qué hizo usted con el revólver, lady Dwighton?

Una sombra de desconcierto pasó por sus ojos.

—Yo… lo dejé caer al suelo. No, creo que lo tiré por la ventana… ¡Oh! Ahora no me acuerdo. Pero ¿qué importa? Apenas sabía lo que estaba haciendo. Pero eso no importa, ¿verdad?

—No —repuso míster Quin—. No creo que importe mucho.

Le dirigió una mirada de perplejidad mezclada con algo que bien pudo ser alarma. Luego, volvió la cabeza y salió de la estancia con decisión. Satterthwaite la siguió a toda prisa, comprendiendo que podía desmayarse en cualquier momento, pero ya había subido la mitad de la escalera sin dar muestras de su anterior debilidad. La asustada doncella se hallaba al pie de la escalera y Satterthwaite ordenó en tono autoritario:

—Vigile a su señora.

—Sí, señor —la muchacha se dispuso a subir tras la figura azul—. Oh, por favor, señor, ¿no irán a sospechar de él?

—¿Sospechar de quién?

—De Jennings, señor. ¡Oh, señor, desde luego, es incapaz de hacer daño a una mosca!

—¿Jennings? No, claro que no. Vaya y cuide de su señora.

—Sí, señor.

La muchacha subió la escalera a toda prisa y Satterthwaite volvió a la estancia que acababa de abandonar.

El coronel Melrose decía acaloradamente:

—Bueno, estoy hecho un mar de confusiones. Aquí hay algo más de lo que se ve a simple vista. Es… es como esas tonterías que las heroínas hacen en muchas novelas.

—Es irreal —convino Satterthwaite—. Como una escena de teatro.

—Sí, usted admira el drama, ¿no es cierto? Es usted un hombre que sabe apreciar una buena representación.

Satterthwaite le miraba fijamente.

En el silencio oyóse una lejana detonación.

—Parece un disparo —dijo el coronel Melrose—. Habrá sido alguno de los guardianes. Eso es probablemente lo que ella oyó, y tal vez no bajase a ver. Ni se habrá acercado a examinar el cuerpo y por eso ha llegado resuelta a la conclusión...

—Míster Delangua, señor.

Era el mayordomo quien había hablado respetuosamente desde la puerta.

—¿Eh? —exclamó Melrose—. ¿Cómo?

—Míster Delangua está aquí, señor, y a ser posible quisiera hablar con usted.

—Hágale pasar.

Momentos después, Paul Delangua apareció en la entrada. Como el coronel Melrose había insinuado, había en él un aire extranjero... la facilidad de movimientos, su rostro hermoso y moreno, y sus ojos tal vez un poco demasiado juntos... le daban un aspecto renacentista. Él y Laura Dwighton recordaban la misma época.

—Buenas noches, caballeros —dijo Delangua con una ligera reverencia algo teatral y afectada.

—Ignoro qué asuntos le traen por aquí, míster Delangua —dijo Melrose tajante—, pero si no tienen nada que ver con el que tenemos entre manos...

Delangua le interrumpió con una carcajada.

—Al contrario —apuntó—, tienen mucho que ver con esto.

—¿Qué quiere decir?

—Quiero decir —continuó Delangua con toda tranquilidad— que he venido a entregarme como causante de la muerte de sir James Dwinghton.

—¿Sabe usted lo que está diciendo? —inquirió Melrose muy serio.

—Me doy perfecta cuenta.

Los ojos del joven estaban fijos en la mesa.

—No comprendo...

—¿Por qué me entrego? Llámelo remordimiento... o como más le agrade. Le di de firme... de eso puede estar seguro. —Señaló la mesa—. Veo que tiene ahí el arma, una herramienta muy manejable. Lady Dwighton tuvo el descuido de dejarla dentro de un libro y yo la cogí por casualidad.

—Un momento —cortó el coronel Melrose—. ¿Tengo que entender que usted admite haber dado muerte a sir James con esto?

Y levantó el cortapapeles.

—Exacto. Entré por la ventana. Él me daba la espalda. Fue todo muy sencillo. Me marché por el mismo sitio.

—¿Por la ventana?

—Por la ventana, claro.

—¿A qué hora?

Delangua vacilaba.

—Déjeme pensar... estuve hablando con el guardián... eso sería a las seis y cuarto. Oí dar el cuarto en el campanario de la iglesia. Debió de ser... bueno, pongamos a las seis y media.

Una torva sonrisa apareció en los labios del coronel.

—Exacto, jovencito —asintió—. Las seis y media es la hora. Tal vez ya lo había oído. Pero ¡este asesinato es muy particular!

—¿Por qué?

—¡Hay tantas personas que se declaran culpables! —dijo el coronel Melrose.

Todos percibieron su respiración anhelante.

—¿Quién más lo ha confesado? —preguntó con voz que en vano quiso aparentar firmeza.

—Lady Dwighton.

Delangua echó la cabeza hacia atrás, riendo.

—No es de extrañar que lady Dwighton esté nerviosa —dijo con ligereza—. Yo que usted no prestaría atención a sus palabras.

—No pienso hacerlo —repuso Melrose—; pero hay otra cosa extraña en este crimen.

—¿Qué cosa?

—Pues... lady Dwighton confiesa haber disparado contra sir James, y usted dice que le apuñaló, pero ya ve que, por fortuna para los dos, no fue muerto ni de un disparo ni de una puñalada. Le abrieron el cráneo de un golpe.

—¡Cielos! —exclamó Delangua—. Pero no es posible que una mujer haya podido...

Se detuvo mordiéndose el labio. Melrose asentía.

—Se lee a menudo —explicó—; pero nunca vi que ocurriera.

—¿El qué?

—El que un par de jóvenes estúpidos se acusen de un crimen que no han cometido, tratando cada uno de ellos de salvar al otro —dijo Melrose—. Ahora tenemos que empezar por el principio.

—El ayuda de cámara —exclamó Satterthwaite—. Esa muchacha... entonces no le presté la menor atención.

Hizo una pausa buscando palabras con que explicarse.

—Tenía miedo de que sospecháramos de él. Debe de haber un motivo que nosotros ignoramos y ella conoce.

El coronel Melrose, con el ceño fruncido, hizo sonar el timbre. Cuando atendieron a su llamada, ordenó:

—Haga el favor de preguntar a lady Dwighton si tiene la bondad de volver a bajar.

Esperaron en silencio que llegara. A la vista de Delangua se sobresaltó, alargando una mano para no caerse. El coronel Melrose acudió rápidamente en su ayuda.

—No ocurre nada, lady Dwighton. No se alarme.

—No comprendo. ¿Qué está haciendo aquí míster Delangua? Delangua se acercó a ella.

—Laura… Laura, ¿por qué lo hiciste?

—¿Hacer qué?

—Lo sé. Fue por mí…, porque pensabas que había sido yo… Después de todo, supongo que era natural que lo pensaras. ¡Eres un ángel!

El coronel Melrose carraspeó. Era un hombre que aborrecía las emociones y sentía horror a tener que presenciar una «escena».

—Si me lo permite, lady Dwighton, le diré que usted y míster Delangua han tenido suerte. Míster Delangua acaba de llegar para confesar ser autor del crimen… Oh, no se preocupe, ¡él no ha sido! Pero lo que nosotros queremos saber es la verdad. Basta de vacilaciones. El mayordomo dice que usted entró en la biblioteca a las seis y media…, ¿es cierto?

Laura miró a Delangua, que hizo un gesto afirmativo.

—La verdad, Laura —le dijo—. Eso es lo que queremos saber.

—Hablaré.

Se desplomó sobre una silla que Satterthwaite se había apresurado a acercarle.

—Vine aquí. Abrí la puerta de la biblioteca y…

Se detuvo y tragó saliva. Satterthwaite, inclinándose, le dio unas palmaditas en la mano para animarla.

—Sí —le dijo—, sí. ¿Qué vio usted?

—Mi esposo estaba tendido sobre la mesa escritorio. Vi su cabeza…, la sangre… ¡Oh!

Se cubrió el rostro con las manos. El jefe de policía se inclinó hacia ella.

—Perdóneme, lady Dwighton. ¿Pensó que míster Delangua le había matado de un tiro?

Asintió con un gesto.

—Perdóname, Paul —suplicó—. Pero tú dijiste…, dijiste…

—Que le mataría como a un perro —repuso el aludido—. Lo recuerdo. Eso fue el día que descubrí que te maltrataba.

El jefe de policía procuró que no se apartaran de la cuestión.

—Entonces debo entender, lady Dwighton, que usted volvió a subir... y no dijo nada. No necesitamos preguntar sus razones. ¿No tocó el cuerpo ni se acercó a la mesa escritorio?

Laura se estremeció.

—No, no. Salí de allí corriendo.

—Ya, ya. ¿Y qué hora era exactamente? ¿Lo recuerda?

—Eran las seis y media en punto cuando volví a mi habitación.

—Entonces a las... digamos, a las seis veinticinco, sir James ya estaba muerto. —El jefe de policía miró a los otros—. Ese reloj... era un truco, ¿verdad? Ya lo sospechábamos. Nada más fácil que correr las manecillas para obtener la hora deseada; pero cometieron el error de hacerlo caer de costado. Bueno, eso reduce los sospechosos al mayordomo y al ayuda de cámara y no puedo creer que fuera el mayordomo. Dígame, lady Dwighton, ¿tenía Jennings algún resentimiento contra su esposo?

Laura se apartó las manos del rostro.

—Pues... James me dijo esta mañana que le había despedido. Le había sorprendido robando.

—¡Ah! Ahora nos vamos acercando. Jennings hubiera sido despedido sin conseguir buenos informes. Cosa muy desagradable para él.

—Usted dijo algo acerca de un reloj —inquirió Laura Dwighton—. Si quiere usted saber la hora exacta... queda una posibilidad... James llevaría en el bolsillo su reloj de jugar al golf. ¿No es posible que también dejase de funcionar al recibir el golpe?

—Es una idea —repuso el coronel, despacio—. Pero me temo que... ¡Curtis!

El inspector asintió, comprendiendo la orden rápidamente, antes de abandonar la estancia. Volvió al cabo de un minuto. En la palma de la mano traía un relojito de plata trabajado como las pelotas de golf, de esos que los jugadores llevan sueltos en el bolsillo, junto con algunas pelotas.

—Aquí lo tiene, señor —anunció—; pero dudo que le sirva de mucho. Estos relojes son muy fuertes.

El coronel lo tomó y se lo acercó al oído.

—De todas formas, parece que se ha parado —advirtió.

Apretó el cierre de la tapa con su pulgar y al abrirse se vio que el cristal estaba roto.

—¡Ah! —exclamó satisfecho.

La aguja minutera señalaba exactamente las seis y cuarto.

—Es un oporto excelente, coronel Melrose —decía míster Quin.

Eran las nueve y media y los tres hombres acababan de despachar una opípara cena en casa del coronel Melrose. Míster Satterthwaite estaba muy animado.

—Tenía yo razón —dijo—. No puede negarlo, míster Quin. Usted apareció ayer noche para salvar a una pareja de jóvenes absurdos que estaban a punto de meter la cabeza en un lazo.

—¿,Quien, yo? —repuso míster Quin—. Desde fuego que no. Yo no hice nada.

—Tal como fueron las cosas, no fue preciso —convino Satterthwaite—; pero pudo haberlo sido. Nunca olvidaré el momento en que lady Dwighton dijo: «Yo le maté». Nunca vi en el teatro nada ni la mitad de dramático.

—Me siento inclinado a participar de su opinión —dijo míster Quin.

—Nunca hubiera dicho que esas cosas ocurrieran fuera de las novelas —repitió el coronel por enésima vez aquella noche.

—¿Y suceden? —preguntó míster Quin.

—¡Maldición! Ha ocurrido esta misma noche...

—Perdonen —intervino míster Satterthwaite—. Lady Dwighton estuvo magnífica, realmente magnífica, pero cometió una equivocación. No debió haber llegado a la conclusión de que su esposo había muerto de un disparo. Del mismo modo, Delangua fue un tonto al suponer que debían haberle apuñalado, sólo porque dio la casualidad de que el puñal estaba en la casa ante nosotros. Fue una casualidad que lady Dwighton lo bajara junto con el libro.

—¿Lo fue? —preguntó míster Quin.

—Ahora bien, si ambos se hubieran limitado a decir que habían matado a sir James, sin especificar cómo... —prosiguió Satterthwaite—, ¿cuál hubiese sido el resultado?

—Que pudieran haberle creído —replicó míster Quin con una extraña sonrisa.

—Todo esto es como una novela —dijo el coronel.

—Yo diría que de ahí sacaron la idea —contestó míster Quin.

—Es posible —convino Satterthwaite—. Las cosas que uno ha leído vuelven a la memoria del modo más extraño.

Miró a míster Quin.

—El reloj resultaba sospechoso desde el primer momento —continuó—. Es muy fácil adelantar o retrasar las manecillas.

Míster Quin asintió con la cabeza mientras repetía:

—Adelantar —dijo, y tras una pausa agregó—: O retrasar.

En su voz había cierto tono insinuante, y sus ojos miraron fijamente a míster Satterthwaite.

—Las adelantaron —dijo Satterthwaite—. Eso lo sabemos.

—¿Sí? —insistió míster Quin.

—¿Quiere usted decir que retrasaron el reloj? —le preguntó Satterthwaite mirándole fijamente—. Pero eso no tiene sentido. Es imposible.

—En mi opinión, no lo es —murmuró míster Quin.

—Bueno... absurdo. ¿Qué ventaja tendría?

—Sólo para alguien que tuviera una coartada para esa hora, supongo.

—¡Cielos! —exclamó el coronel—. Ésa es la hora en que el joven Delangua dijo estar hablando con el guardián.

—Lo recalcó con interés especial —dijo Satterthwaite.

Se miraron mutuamente. Tenía la extraña sensación de que la tierra se hundía bajo sus pies. Los hechos tomaban un nuevo giro, presentando facetas inesperadas. Y en el centro de aquel calidoscopio aparecía el rostro sonriente de míster Quin.

—Pero en tal caso... —comenzó Melrose.

Míster Satterthwaite terminó la frase.

—Resulta todo al revés..., aunque igual. El mismo plan... sólo que contra el ayuda de cámara. ¡Oh, pero no puede ser! Esto es un imposible. ¿Por qué acusarse del crimen?

—Sí —dijo míster Quin—. Hasta entonces usted había sospechado de ellos, ¿no es así?

Su voz continuó diciendo, plácida y ensoñadora:

—Usted dijo que era como algo sacado de una novela, coronel. De ahí procede la idea. Es lo que hacen siempre el héroe inocente y la heroína. Naturalmente, eso le hizo pensar a usted que eran inocentes... por la fuerza de la tradición. Míster Satterthwaite no ha cesado de decir que parecía cosa de teatro. Los dos tenían razón. No era real. Han estado diciendo eso tantas veces, sin saber lo que decían. Hubieran contado una historia mucho más verosímil si hubieran querido que les creyesen.

Los dos hombres le miraron estupefactos.

—Han sido muy inteligentes —prosiguió Satterthwaite con voz lenta—. Diabólicamente inteligentes. Y yo he pensado en otra cosa. El mayordomo dijo que entró a las siete a cerrar las ventanas... de modo que esperaba que estuvieran abiertas.

—De este modo entró Delangua —dijo míster Quin—. Mató

140

a sir James de un solo golpe, y de acuerdo con lady Dwighton puso en práctica lo que ambos habían planeado...

Miró a Satterthwaite como animándole para que reconstruyera la escena. Y eso hizo.

—Dieron un golpe al reloj y lo dejaron caer de costado. Sí. Luego atrasaron el otro y lo estrellaron contra el suelo, para estropearlo. Delangua salió por la ventana y ella la cerró por dentro, pero hay una cosa que no entiendo. ¿Por qué preocuparse por el reloj de bolsillo? ¿Por qué no atrasar sencillamente el de mesa?

—Era algo demasiado evidente —dijo míster Quin—. Cualquiera hubiera podido comprender que se trataba de un engaño.

—Pero pensar en el otro era cosa bastante problemática. Pues..., ¿no fue pura casualidad el que resolviésemos buscarlo?

—¡Oh, no! —replicó míster Quin—. Recuerde que fue lady Dwighton quien lo sugirió. Y, sin embargo —prosiguió—, la única persona que pudo pensar en el reloj era el ayuda de cámara. Ellos suelen saber mejor que nadie lo que sus amos llevan en los bolsillos. De haber atrasado el reloj de la mesa, es probable que el *valet* hubiera atrasado a su vez el de bolsillo. Esa pareja no comprende la naturaleza humana. No son como míster Satterthwaite.

El aludido movió la cabeza.

—Estaba equivocado —murmuró humildemente—. Creí que había aparecido usted para salvarles.

—Y eso hice... —dijo míster Quin—. ¡Oh! No a ese par... sino a los otros. ¿No se fijó en la doncella? No iba vestida de brocado azul, ni representaba un papel dramático, pero en realidad es una muchacha muy bonita, y creo que está muy enamorada de ese Jennings. Espero que entre ustedes dos podrán salvarle de la horca.

—No tenemos ninguna prueba —dijo el coronel Melrose con pesadumbre.

Míster Quin sonrió.

—Míster Satterthwaite la tiene.

—¿Yo?

El aludido estaba perplejo.

—Usted tiene la prueba de que el reloj no se rompió. No es posible romper el cristal de un reloj como éste sin abrir la tapa. Inténtelo y verá. Alguien cogió el reloj, lo abrió y, después de atrasarlo y romper el cristal, volvió a cerrarlo y a colocarlo en donde estaba. Ellos no se fijaron, pero falta un pedacito de cristal.

—¡Oh! —exclamó Satterthwaite, introduciendo la mano en un bolsillo de su chaleco para sacar un fragmento de cristal curvado.

Aquél era su momento.

—Con esto —dijo míster Satterthwaite, dándose importancia— salvaré a un hombre de morir ahorcado.

Índice